요사노 아키코 2

与謝野晶子

요사노 아키코 지음
엄인경 이혜원 옮김

어문학사

시가집

- 단카 -

요사노 아키코(与謝野晶子)

본 간행 사업은, 고려대학교 글로벌 일본연구원 〈일본 근현대 여성문학연구회〉가 2018년
일본만국박람회기념기금사업(日本万国博覧会記念基金事業)의 지원을 받아 기획한 것이다.

EXPO'70 FUND
（公財）関西・大阪21世紀協会

차례

• 서구 왕래

• 식은 저녁밥

몇 년 전 일본 텔레비전에서 어떤 여배우가 단카 '비단결 피부 뜨거운 피를 만져 보지도 않고 쓸쓸하지 않은가 도리 따지는 그대'를 읊는 자동차 광고는 참으로 신선하게 느껴졌다. 자동차 외부의 아름다움과 내부의 강렬함을 빗댄 내용 전달도 탁월하려니와 일본인들이라면 누구나 접해 본 요사노 아키코의 대표적 단카를 활용한 수법 역시 무릎을 치게 했다. 더불어 이 단카를 알고 있기에 이 광고가 구애, 혹은 구매의 호소력을 전달하기 위해 아키코 여사를 호명한 것이 놀랍고도 반가웠다.

단카란 5·7·5·7·7 다섯 구의 총 서른한 글자 음수율을 갖춘 일본의 전통적인 시가 형식이다. 천 사백 년도 더 되는 일본의 단카 역사에서도, 그리고 근대 일본의 여성문학에서도 요사노 아키코라는 인물이 남긴 발자취는 대단한 것이었다. 특히나 아키코가 『흐트러진 머리칼』이라는 단카 작품집으로 문단에 일으킨 센세이션은 여성과 자기표현이라는 측면에서 근대 일본문학사 굴지의 사건이라 할 것이다.

이 책은 아키코의 첫 가집이자 일본 근대 여성문학의 대표작이라고 할 수 있는 『흐트러진 머리칼』과 그녀가 여성으로서 처한 현실, 경험, 꿈 등에 대한 시선 및 사상을 엿볼 수 있는 시묶음 『꿈과 현실』,『서구 왕래』,『식은 저녁밥』에 수록된 시들을 번역 수록한 것이다.

『흐트러진 머리칼』은 총 399수가 실린 가집으로 일본 내에서도 의미 분석이 난해한 단카로 손꼽히면서, 동시에 많은 연구자나 표현자들에 의해 끊임없이 현대어역이 시도되는 작품집이다. 한국에도 발췌역 소개는 몇 번 이루어졌으되 완역으로 제시되는 것은 이 책의 시도가 처음일 것이다. 그도 그럴 것이『흐트러진 머리칼』에는 고전적 단카 작법과 문어文語가 살아 있는 것은 물론 여기에 아키코의 독자적 조어나 비문법적 표현까지 더해져 있기 때문이다. 서른한 글자라는 정형 음수에 자신의 감정을 마주하며 읊은 단카에는 그녀가 담고 싶은 사랑과 청춘, 인간의 본능과 세상의 체면, 연애와 이별 등 다양한 이야기가 있었다. 그렇기에 역자들은 아키코 단카에 대한 다양한 해설을 열거하는 번역보다는 그녀가 선택한 단어 표현 하나하나에 집중하고자 하였고, 그녀가 선택하고 발화發話한 단어의 순서에도 충실하고자 하였다. 한국어와 일본어의 차이를 고려하고 번역상의 편의라는 유혹에 어순을 바꾸거나 그럴듯한 단어로 꾸밀 방도에 곁을 준 경우도 없지 않지만, 가급적 독자들 역시 아키코가 선택한 분방한 표현 속에서 나름의 방식대로 자유롭게 해석할 여지를 공유하기 바랐기 때문이다. 일본어로도 해석하기 어려운 그녀의 단카를 한국어 서른한 글자에 맞추어 번역하는 작업은 쉽지 않았지만 완역의 제시라는 점에 방점을 두고, 향후 독자들의 질정을 기다리는 바다.

요사노 아키코의 시가집 하면『흐트러진 머리칼』이 대표작임

이야 부동의 사실이지만, 이번 번역서 작업에서 의외의 청신함과 개운함, 그리고 아키코의 아이덴티티 발견은 그녀의 시편에서 얻은 수확이다. 단카나 평론뿐 아니라 창작시 역시 상당히 많이 남긴 아키코였는데, 그중 메이지, 다이쇼 시대를 거치며 서구의 문물을 받아들이고 러일전쟁, 제1차 세계대전 시대를 살았던 그녀가 현실에서 그리고 남편을 찾아 떠난 유럽에서 느꼈던 생생하면서도 꿈같은 감정을 일기처럼 적어 내려간 것들을 마주할 수 있었다. 이번 번역작업을 통해 그녀의 뛰어난 안목과 표현력이 잘 구사되어 있는 것에 비해, 언제나 강렬한 단카의 그늘에 가려져 잘 안 보였던 시들을 접한 것이 역자들의 예기치 못한 기쁨이자 보람이었다.

이 책과 관련하여 고마운 인사를 드릴 분들이 많다. 우선 요사노 아키코의 시가 작품을 이렇게 번역하여 소개할 수 있도록 기획하신 일본근현대여성문학연구회 선생님들에게 감사드린다. 또한 이 시리즈가 실현될 수 있도록 지원해 주신 공익재단법인 간사이·오사카21세기협회 만박기념기금사업부의 후의에 감사한다. 끝으로 출판 의의에 흔쾌히 뜻을 보여주시고 좋은 작품집이 될 수 있도록 애써주신 어문학사 사장님 이하 관계자들께도 심심한 사의를 표한다. 일본 여성들의 시가 문학이 향후 한국에서 더 알려지고 연구될 수 있는 계기가 되기를 바란다.

2019년 1월
엄인경, 이혜원 씀

단카

흐트러진 머리칼

연지 보라 臙脂紫

98수. 요사노 뎃칸 与謝野鉄幹을 만나 사랑에 빠지면서 느낀 설렘, 죄의식, 불안, 기쁨을 노래하였다. 노래 속에서 죄의식에 고민하는 모습을 엿볼 수 있지만 사랑에 빠진 여성의 아름다움을 일관되게 표현하고 있다.

밤의 장막에 소곤대기를 마친 별 뜬 이 밤을
아래 세계 연인의 헝클어진 귀밑머리.
夜の帳にささめき尽きし星の今を下界の人の鬢のほつれよ

노래에 물어라 누가 들녘의 붉은 꽃 마다하리
정취 있기도 하지 청춘의 죄 지닌 이.
歌にきけな誰れ野の花に紅き否なむおもむきあるかな春罪もつ子

풍성한 머리 물에 풀어 헤치듯 보들보들한
어린 소녀의 마음 숨기고 안 보이리.
髪五尺ときなば水にやはらかき少女ごころは秘めて放たじ

열정이 끓어 터질 듯한 하룻밤 꿈이 깃든 곳
청춘의 길 가는 자 신이여 멸시마오.
血ぞもゆるかさむひと夜の夢のやど春を行く人神おとしめな

동백꽃이든 매화든 하얗기는 매한가지니
내 죄를 묻지 않는 색은 복숭아빛 뿐.
椿それも梅もさなりき白かりきわが罪問はぬ色桃に見る

그 아이 스무 살 빗에 흘러내리는 검은 머리칼
자부하는 청춘의 아름다움이어라.
その子二十櫛にながるる黒髪のおごりの春のうつくしきかな

불당 종소리 낮게 퍼진 저녁에 앞머리 꽂은
복사꽃 봉오리에 그대 독경하소서.
堂の鐘のひくきゆふべを前髪の桃のつぼみに経たまへ君

보랏빛인 듯 언뜻 비친 홍견 안감 옷 담는 상자
미처 숨기지 못한 봄밤 청춘의 신.
紫にもみうらにほふみだれ篋をかくしわづらふ宵の春の神

연지빛 사랑 누구에게 말하리 피가 들끓는

청춘 사모의 정념 넘쳐나는 생명력.

臙脂色は誰にかたらむ血のゆらぎ春のおもひのさかりの命

보라색 짙은 무지개빛 사랑을 논한 술잔에

비친 청춘의 소녀 아직 덜 자란 눈썹.

紫の濃き虹説きしさかづきに映る春の子眉毛かぼそき

감청색 옷을 입은 나는 울었네 봄날 해질녘

황매화 빛 겹옷의 벗은 노래가 늘고.

紺青を絹にわが泣く春の暮やまぶきがさね友歌ねびぬ

오가는 술잔 등불 밝힌 이 밤을 노래 부르세

여기 보인 자매들 모란 견줄만하네.

まゐる酒に灯あかき宵を歌たまへ女はらから牡丹に名なき

해당화 꽃에 괜스레 풀어놓은 연지 버리고

저녁 비 바라보는 눈동자 나른하네.

海棠にえうなくときし紅べにすてて夕雨ゆふさめみやる瞳よたゆき

사가嵯峨의 오이大堰¹ 강가에서 하룻밤 보낸 신이여
모기장 밑자락의 노래 숨겨두소서.
水にねし嵯峨の大堰のひと夜神絽蚊帳ろがゃの裾の歌ひめたまへ

청춘의 나라 사랑의 그 나라에 동이 틀 무렵
보이는 건 머리칼 매화유 향 감도네.
春の国恋の御国のあさぼらけしるきは髪か梅花のあぶら

이제 간다며 안녕히 라고 말한 밤의 신 걸친
옷자락을 붙잡고 내 머리칼 젖누나.
今はゆかむさらばと云ひし夜の神の御裾さはりてわが髪ぬれぬ

가느다란 내 목덜미를 안고서 남는 그 한 손
뻗어 막아주셔요 가려는 밤의 신을.
細きわがうなじにあまる御手ﻮてのべてささへたまへな帰る夜の神

기요미즈清水² 로 기온祇園³ 을 가로질러 가는 삼월 달
오늘 밤 만나는 이 모두 아름답구나.
清水へ祇園をよぎる桜月夜こよひ逢ふ人みなうつくしき

―――――――――

1 교토의 서부를 흐르는 강 상류를 말하며 오이 강 동쪽 지역이 사가(嵯峨).
2 교토의 히가시야마(東山) 구의 지명. 기요미즈데라(清水寺)가 유명.
3 교토의 히가시야마 구의 야사카(八坂) 신사를 중심으로 하는 그 일대 번화가 지역.

가을 신께서 옷자락으로 끄는 하얀 무지개
수심에 찬 소녀의 이마로 사라졌네.
秋の神の御衣より曳く白き虹ものおもふ子の額に消えぬ

독경하기에 괴로운 봄날 저녁 안쪽 불당의
스물다섯 보살님 내 노래 받으소서.
経はにがし春のゆふべを奥の院の二十五菩薩歌うけたまへ

산에 들어가 이렇게 지내라는 교시인가요
연지가 닳을 무렵 복사꽃 피겠지요.
山ごもりかくてあれなのみをしへよ紅べにつくるころ桃の花さかむ

푼 머리칼에 침실에 깊이 배인 백합 향기가
사라질까 두려운 밤의 연한 분홍빛.
とき髪に室むつまじの百合のかをり消えをあやぶむ夜の淡紅色ときいろよ

구름 푸른 날 찾아온 여름 여신 아침에 감는
머리 아름다워라 강물에 흐르는 듯.
雲ぞ青き来し夏姫が朝の髪うつくしいかな水に流るる

밤의 신께서 아침에 타고 가실 양을 잡아다
작은 내 베개 밑에 감춰두고 싶구나.
夜の神の朝のり帰る羊とらへちさき枕のしたにかくさむ

물가로 소를 몰고 오는 사내여 노래 부르라
가을의 호숫가는 너무도 쓸쓸하니.
みぎはくる牛かひ男歌あれな秋のみづうみあまりさびしき

비단결 피부 뜨거운 피를 만져 보지도 않고
쓸쓸하지 않은가 도리 따지는 그대.
やは肌のあつき血汐にふれも見でさびしからずや道を説く君

용서하소서 차라리 없었어야 할 지금의 나를
연보랏빛 어여쁜 사랑의 술에 취한.
許したまへあらずばこその今のわが身うすむらさきの酒うつくしき

잊기 어렵단 꽃말의 취지만을 알아주세요
다른 말 않겠다는 보라색 그 가을 꽃.
わすれがたきとのみに趣味をみとめませ説かじ紫その秋の花

그대 안 오고 저물려는 봄밤의 외로운 심정
거문고에 기대어 흐트러진 머리칼.
人かへさず暮れむの春の宵ごこち小琴にもたす乱れ乱れ髪

팔베개 베고 귀밑머리 한 가닥 끊긴 소리를
거문고 소리라고 여겼던 봄밤의 꿈.
たまくらに鬢のひとすぢきれし音を小琴と聞きし春の夜の夢

봄비에 젖어 그대 풀숲 헤치고 찾아오셨네
사랑받는 내 얼굴 노을 보는 해당화.
春雨にぬれて君こし草の門よおもはれ顔の海棠の夕

작은 풀 말하길 "사랑에 취한 눈물 색으로 피리니
그때까지 이렇게 깨지 말렴 소녀야".
小草いひぬ『酔へる涙の色にさかむそれまで斯くて覚めざれな少女をとめ』

목장을 나와 남쪽으로 흐르는 강줄기 기네
어쩐지 초록 들판과 잘 어울리는 그대.
牧場いでて南にはしる水ながしさても緑の野にふさふ君

봄아 늙지 마라 등꽃에 기대 밤의 춤 무대 위에
늘어앉은 무희들아 덧없이 늙지 마라.
春よ老いな藤によりたる夜よの舞殿まひどのゐならぶ子らよ束つかの間ま老いな

비 오는 연못 뜬 잎과 하얀 연꽃 그리는 그대께
우산을 씌워주는 삼 척짜리 작은 배.
雨みゆるうき葉しら蓮絵師の君に傘まゐらする三尺の船

얼굴 생김새 몹시 친숙하고도 그리운 느낌

어린 잎 나무 사이에 계신 비로자나불[4].

御相みさうひとどしたしみやすきなつかしき若葉木立の中の盧遮那仏

책망 말기를 높은 곳에 올라서 그대 못 보오

사랑의 붉은 눈물 영겁의 그 흔적을.

さて責むな高きにのぼり君みずや紅あけの涙の永劫のあと

봄비 내리는 저녁 무렵 신전을 나와 헤매던

작은 양처럼 그대 원망하는 나였네.

春雨にゆふべの宮をまよひ出でし小羊君をのろはしの我れ

목욕을 마친 샘물 속의 소녀는 작은 백합꽃

스무 살의 그 여름 아름답다 보노라.

ゆあみする泉の底の小百合花二十の夏をうつくしと見ぬ

흐트러진 마음 현혹되는 마음이 거듭되누나

백합 밟는 신 앞에 젖가슴 가리지 못해.

みだれごこちまどひごこちぞ頻なる百合ふむ神に乳おほひあへず

---

4 진리를 상징하는 법신불.

붉은 장미꽃 맞대어 놓은 듯한 입술의 위에
영혼의 향기 없는 노래 올리지 마라.
くれなゐの薔薇のかさねの唇に霊の香のなき歌のせますな

여행지 숙소 툇마루에 나와서 강 바라보는
스님 너무하다며 울지 여름 달밤에.
旅のやど水に端居の僧の君をいみじと泣きぬ夏の夜の月

봄밤의 어둠 그 속에 전해오는 달콤한 바람
잠시만 이 아이의 머리칼에 불지 말렴.
春の夜の闇の中くるあまき風しばしかの子が髪に吹かざれ

물을 찾아서 숲속을 헤매이는 어린 양의 그
눈빛과 내가 닮지 않았나요 그대여.
水に飢ゑて森をさまよふ小羊のそのまなざしに似たらずや君

누군가 저녁 동쪽 이코마生駒 산⁵ 위 갈 곳 모르는
구름을 보고 내가 갈 곳 점쳐 주소서.
誰ぞ夕ゆふべひがし生駒の山の上のまよひの雲にこの子うらなへ

---

5 오사카와 나라 현(奈良県)에 접해 있는 산.

후회마소서 내가 누른 소매에 부러진 그대 칼[6]
마침내 필 이상의 꽃에 가시 없을 테니.

悔いますなおさへし袖に折れし劍つひの理想ぉもひの花に刺あらじ

이마 너머로 새벽달이 보이는 가모가와加茂川[7]
옅은 물빛 물들인 흐트러진 수초여.

額ごしに曉ぁけの月みる加茂川の淺水色ぁさみづぃろのみだれ藻染もぞめよ

소매 접으며 돌아가시는가요 동틀 무렵의
난간에 선 여름의 가모가와의 신이여.

御袖くくりかへりますかの薄闇の欄干ぉばしま夏の加茂川の神

더 있어주오 돌아갈 곳 멀다면 밤의 신이여
연지 푸는 접시를 먼저 보내오리까.

なほ許せ御国遠くば夜の御神紅盃船べにざらふねに送りまゐらせむ

사랑에 미친 내게 정염의 날개 가볍기만 해
백삼십 리[8] 길 되는 몹시 분주한 여행.

狂ひの子われに焰の翅かろき百三十里あわただしの旅

---

6 연인 요사노 뎃칸(与謝野鉄幹)의 단카는 호랑이처럼 남성스럽고 칼처럼 강인하다고 하
  여 호검조(虎劍調)라고 칭해짐.

7 교토의 동부를 남쪽으로 흐르는 강.

8 일본의 리(里)는 약 4km로 백삼십리는 약 520km. 아키코가 있던 오사카와 뎃칸이 있던
  도쿄와의 거리.

지금 여기서 돌이켜 보았더니 나의 심정은
어둠 두려워 않는 맹인과 닮았구나.
今ここにかへりみすればわがなさけ闇をおそれぬめしひに似たり

아름다운 이 생명이 아깝다고 신이 말했네
내가 바란 바람은 다 이루어진 지금.
うつくしき命を惜しと神のいひぬ願ひのそれは果してし今

어린 손가락 하얀 분가루 풀며 어떻게 하지
망설이게만 되는 추운 저녁 목련 꽃.
わかき小指胡紛をとくにまどひあり夕ぐれ寒き木蓮の花

허락된 아침 치장하는 그 시간 짬을 내어서
임께 노래해 주렴 산 속의 휘파람새.
ゆるされし朝よそほひのしばらくを君に歌へな山の鶯

쉬소서라며 물러난 봄날 저녁 옷걸이에다
걸어두었던 당신 옷소매 걸쳐보네.
ふしませとその間さがりし春の宵衣桁にかけし御袖かづきぬ

흐트러진 머리 교토京都 올림머리로 고쳐 빗고는
아침에 더 자라던 임 흔들어 깨우네.
みだれ髪を京の島田にかへし朝ふしてゐませの君ゆりおこす

발소리 죽여 그대를 따라가는 흐릿한 달밤
오른쪽 옷소매에 담긴 편지 무겁고.
しのび足に君を追ひゆく薄月夜右のたもとの文がらおもき

보랏빛으로 풀 위에 내 그림자 떨어졌구나
들녘의 봄바람에 머리칼 빗는 아침.
紫に小草が上へ影おちぬ野の春かぜに髪けづる朝

어여쁜 양산 건너편 풀숲에다 던져놓고는
발 담가 건너가는 봄날 강물 따뜻해.
絵日傘をかなたの岸の草になげわたる小川よ春の水ぬるき

흰 벽에 노래 한 자락 물들이고 싶은 바람에
삿갓 없이 떠나온 이백 리의 여행길.
しら壁へ歌ひとつ染めむねがひにて笠はあらざりき二百里の旅

사가의 당신 노래로 용서하라 넘기는 아침
거울 속엔 토라진 여름날의 내 모습.
嵯峨の君を歌に仮せなの朝のすさびすねし鏡のわが夏姿

어울릴지 모를 신부가 장식을 한 하얀 싸리 꽃[9]
오늘 밤의 신께서 살짝 미소 지었네.
ふさひ知らぬ新婦にひびとかざすしら萩に今宵の神のそと片笑みし

들녘의 매화 나뭇가지 하나로 충분하겠지
이것은 아주 잠시 잠깐의 이별일 테니.
ひと枝の野の梅をらば足りぬべしこれかりそめのかりそめの別れ

휘파람새 소리 그대 꾼 꿈 아닌가요 의심하면서
초록빛 장막 살짝 들어 찾아보노라.
鶯は君が夢よともどきながら緑のとばりそとかかげ見る

사랑의 보라 무지개 물방울이 꽃에 떨어져
피어난 가슴 속 꿈 의심치 말려무나.
紫の虹の滴花におちて成りしかひなの夢うたがふな

---

9 하얀 싸리꽃(しら萩)은 아키코를 상징.

두견새 우니 사가까지는 일 리 교토는 삼 리인

기요타키清瀧[10] 강가에 동이 빨리 트누나.[11]

ほととぎす嵯峨へは一里京へ三里水の清瀧夜の明けやすき

보랏빛 나는 이상의 구름들은 끊기고 끊기다

올려다본 내 하늘 그 또한 사라졌네.

紫の理想の雲はちぎれ／＼仰ぐわが空それはた消えぬ

젖가슴 가린 채 신비스런 장막을 살짝 찼도다

여기 피어난 꽃은 붉은색 몹시 짙어.

乳ぶさおさへ神秘のとばりそとけりぬここなる花の紅ぞ濃き

신의 등을 빌려 넓은 세상 보기를 바라지 않나

벌써 한쪽 소매는 진보라로 물들어.

神の背せなにひろきながめをねがはずや今かたかたの袖こむらさき

답답한 마음 아침에 켜던 비파 네 줄 중에서

한 줄을 영원토록 신이 잘라버렸네.

とや心朝の小琴の四つの緒のひとつを永久とはに神きりすてし

---

10 사가의 한 지명. 마쓰오 바쇼(松尾芭蕉)가 하이카이(俳諧)를 읊고 뎃칸과 아키코 부부
   가 일정 기간 지낸 곳으로 유명.

11 쓰무리노 히카루(頭光)의 교카(狂歌)「두견새 소리 자유자재로 듣는 마을은 술집까지
   는 삼 리 두부가게는 이 리(ほととぎす自由自在に聞く里は酒屋へ三里豆腐屋へ二里)」
   취향을 기초로 한 노래.

빼는 소매에 미소 짓는 청춘이 젊기도 하다
아침의 썰물 같은 사랑의 장난이여.
ひく袖に片笑みもらす春ぞわかき朝のうしほの恋のたはぶれ

봄의 끝자락 옆집에 사는 화가 아름다워라
아침 황매화꽃에 그의 목소리 젊네.
くれの春隣すむ画師うつくしき今朝山吹に声わかかりし

이곳에 사는 이에게 이웃집의 등나무 꽃이
어떤가요 라고만 묻기도 어렵구나.
郷人さとびとにとなり邸のしら藤の花はとのみに問ひもかねたる

그대 따라와 붓순나무 바치는 숨겨둔 아내인
나는 당신 어머니 묘 앞에서 울었네.
人にそひて樒しきみささぐるこもり妻づま母なる君を御墓みはかに泣きぬ

어쩐지 그대 기다리고 있을 것 같은 기분에
나가본 꽃밭에는 저녁달이 떠 있네.
なにとなく君に待たるるここちして出でし花野の夕月夜かな

난간에 상념 많은 몸을 기댄 채 작은 싸리를
훑고 지나쳐 가는 가을바람을 보네.
おばしまにおもひはてなき身をもたせ小萩をわたる秋の風見る

목욕 마치고 샘물에서 나온 내 살갗에 처음
닿는 것은 괴로운 인간 세상의 옷.
ゆあみして泉を出でしわがはだにふるるはつらき人の世のきぬ

팔려 내놓은 거문고에 사랑의 노래 울리고
저녁 어스름 무렵 검은 백합 꺾였네.
売りし琴にむつびの曲をのせしひびき逢魔ぁふまがどきの黒百合折れぬ

얇고 긴 소매 사르르 미끄러져 반딧불이의
불빛이 흘러가는 밤바람 푸르구나.
うすものの二尺のたもとすべりおちて蛍ながるる夜風の青き

사랑 못 이룬 아침에 서성이는 황량한 들판
이름 없는 냇가의 아름다운 여름날.
恋ならぬねざめたたずむ野のひろさ名なし小川のうつくしき夏

사랑하는 이 마음 어찌 되려나 수심에 찼던
바로 어제조차도 외로웠구나 나는.
このおもひ何とならむのまどひもちしその昨日すらさびしかりし我れ

가만히 서서 꿈꾸는 듯한 신세 모란을 보니
어머 밤에 나비가 잠자러 찾아왔네.
おりたちてうつつなき身の牡丹見ぬそぞろや夜を蝶のねにこし

흐르는 눈물 닦아줄 인연일랑 갖지 못했지

쓸쓸한 강가에서 보았던 스무날 달.

その涙のごふえにしは持たざりきさびしの水に見し二十日月はつかづき

물길 십 리의 저녁 배 속절없이 보내버리고

버들에 기댄 소녀 아름다워라. (소녀)

水十里ゆふべの船をあだにやりて柳による子ぬかうつくしき(をとめ)

나그네 신세 큰 물줄기 하나에 현혹되겠나

조용히 일기에서 마을 이름 지우네. (나그네)

旅の身の大河ひとつまどはむや徐しづかに日記の里の名けしぬ(旅びと)

우산 받치고 아침에 물 긷는 나 그 옆에서는

보리 싹 푸릇푸릇 가랑비 내리는 마을

小傘とりて朝の水くみ我とこそ穂麦あをあを小雨ふる里

무슨 소리인가 시냇물 내다보는 유모집 작은 창

내리는 가랑비에 황매화 떨어지네.

おとに立ちて小川をのぞく乳母が小窓こまど小雨のなかに山吹のちる

사랑 혹은 피 모란으로 물드는 청춘의 상념

밤의 문지기 홀로 부를 노래 없구나.

恋か血か牡丹に尽きし春のおもひとのゐの宵のひとり歌なき

긴 노래 모란 보고 읊으라는 밤의 나으리 분부
아내가 될 몸이라 나는 빠져 나왔지.
長き歌を牡丹にあれの宵の殿ぉとど妻となる身の我れぬけ出でし

춘삼월 안족雁足 없는 거문고에서 소리가 나네
닿은 것은 들뜬 밤 흐트러진 머리칼.
春三月みつき柱ぢおかぬ琴に音たてぬふれしそぞろの宵の乱れ髪

어디로 그대 되돌아 가시나요 저녁 들판에
내 소매 잡아당긴 날개 달린 어린 신.
いづこまで君は帰るとゆふべ野にわが袖ひきぬ翅ある童

어스름한 밤 문에 기대 그대가 읊조린 노래
"괴로운 세상 떠나 돌아오지 않으리".[12]
ゆふぐれの戸に倚り君がうたふ歌『うき里去りて住きて帰らじ』

외로움으로 백이십 리를 그저 찾아 왔노라
말할 사람 있다면 있다면 어떠할까.
さびしさに百二十里をそぞろ来ぬと云ふ人あらばあらば如何ならむ

---

12 나부상을 삽화로 하여 『묘조』가 1900년 11월 발매금지처분 받은 일을 배경으로 함.

그대 노래에 소매 물고 울던 이 누군지 아오
오사카大阪의 숙소는 그 가을 참 추웠네.
君が歌に袖かみし子を誰と知る浪速なにわの宿は秋寒かりき

그날로부터 영혼이 빠져나간 내 빈 껍데기
아름답다 보시면 물어 찾아오소서.
その日より魂にわかれし我れむくろ美しと見ば人にとぶらへ

지금의 내게 노래할 수 있느냐 묻지 마세요
기러기발도 없는 스물다섯 가는 줄.
今の我に歌のありやを問ひますな柱ぢなき纖絃ほそいとこれ二十五絃げん

신의 결정도 생명의 울림마저 끝난 내 세상
거문고에 도끼 찍는 그 소리 들으소서.
神のさだめ命のひびき終っひの我世琴に斧うつ音ききたまへ

우리 두 사람 무재無才라는 두 글자 쓰고 웃었지
사랑에 이만 년은 기려나 짧으려나.
人ふたり無才の二字を歌に笑みぬ恋二万年ねんながき短き

연꽃 배 蓮の花船

76수. 젊은 승려 혹은 화공과 어린 소녀의 사랑 이야기를 비롯해 우연한 만남에 대한 노래가 다수 실려 있다.

노 저어 늦게 돌아오는 저녁 배 스님이시여
홍련이 많던가요 백련이 많던가요.
漕ぎかへる夕船おそき僧の君紅蓮や多きしら蓮や多き

정자에 누워 물소리 듣고 있는 등꽃 핀 저녁
그대 빼지 마세요 나지막한 팔베개.
あづまやに水のおときく藤の夕はづしますなのひくき枕よ

옷소매 아니라 머리카락 길이로 들었었거늘
일곱 자 아름다운 흰 등꽃과 헷갈리네.
御袖ならず御髪みくしのたりとささこえたりし尺いづれしら藤の花

여름날의 꽃 그 모습 가냘파도 붉기만 하니
한낮의 빛처럼 필 사랑아 이 사람아.
夏花のすがたは細きくれなゐに真昼いきむの恋よこの子よ

어깨선 따라 불경 위 흔들리는 들뜬 머리칼
소녀와 스님에게 봄 구름 짙어졌네.
肩おちて経にゆらぎのそぞろ髪をとめ有心者ぅしんじゃ春の雲こき

풀은 머리칼 어린 가지에 얽는 바람의 서쪽
두 자도 안 된 작고 아름다운 무지개.
とき髪を若枝ゎかぇにからむ風の西よ二尺に足らぬうつくしき虹

그대 재촉에 어두운 물가에서 수레 내렸지
어렴풋한 보랏빛 홍예다리의 등꽃.
うながされて汀の闇に車おりぬほの紫の反橋の藤

나도 모르게 베 짜던 손 멈췄네 문앞의 노래
언니 웃는 얼굴에 내 속내 부끄러워.
われとなく梭の手とめし門の唄姉がゑまひの底はづかしき

목욕 마치고 예쁘게 꾸민 나의 모습을 보고
미소 짓던 어제가 없지는 않았건만.
ゆあがりのみじまひなりて姿見に笑みし昨日の無きにしもあらず

남자 앞에서 옷자락 미끄러진 예쁜 색실 공
어머 난 몰라 하며 주워 도망쳤다네.
人まへを袂すべりしきぬでまり知らずと云ひてかかへてにげぬ

상자 하나에 히나雛 인형[13] 넣고서 뚜껑 덮으며
남몰래 새는 한숨 복사꽃 뭐라 할까.
ひとつ簏はこにひひなをさめて蓋ふたとぢて何となき息いき桃にはばかる

어렴풋이 본 나라奈良의 변두리에 새잎 가득한
집의 눈썹 어여쁜 그 사람 그리워라.
ほの見しは奈良のはづれの若葉宿わかばやどうすまゆずみのなつかしかりし

진홍빛으로 이름 모를 꽃 피는 들녘 오솔길
서두르지 마셔요 우산 받쳐 든 그대.
紅あけに名の知らぬ花さく野の小道いそぎたまふな小傘の一人

돌아가는 배 어젯밤 달빛 속에 노래 적어 둔
불당의 벽도 점점 보이지 않게 되네.
くだり船昨夜よべ月かげに歌そめし御堂みだうの壁も見えず見えずなりぬ

---

13 3월 3일 히나마쓰리(ひな祭) 때 여자아이의 건강을 빌며 붉은 천을 덮은 제단 위에 장
식하는 남녀 인형.

스승님의 눈 병들었다 하여서 암자 정원에
옮겨다 심어드린 새하얀 국화꽃들.
師の君の目を病みませる庵の庭へうつしまゐらす白菊の花

가는 글씨로 그대 노래 한 수를 적어보았지
비단벌레 담아둔 작은 상자 뚜껑에.
文字ほそく君が歌ひとつ染めつけぬ玉虫ひめし小筥こばこの蓋に

저녁 어스름 새장에 돌아오라 새를 부르는
여동생 손끝 적신 붉은 해당화 꽃비.
ゆふぐれを籠へ鳥よぶいもうとの爪先ぬらす海棠の雨

지는 봄날에 고르고 고른 옷 어른스러워
내게 어울리는지 그대에게 물었네.
ゆく春をえらびよしある絹袷衣きぬあはせ(ねび)のよそめを一人に問ひぬ

그 누구라도 붓 들어 노래하길 노을 진 물가
표현할 먹물 없네 붉은 겹옷 입어도.
ぬしいはずとれなの筆の水の夕そよ墨足らぬ撫子がさね

엄마 부르며 새벽이냐 물었는데 그대라기에
부끄러워 돌린 뺨 버들잎 간질이네.
母よびてあかつき問ひし君といはれそむくる片頬柳にふれぬ

저주의 노래 거듭 적고 또 적은 종이 집어다
얄미운 검은 나비 눌러 잡아 버렸네.
のろひ歌かきかさねたる反古とりて黒き胡蝶をおさへぬるかな

하얀 이마의 스님이여 보소서 해질녘 물든
해당화 앞에 서서 봄 꿈 꾸는 모습을.
額しろき聖よ見ずや夕ぐれを海棠に立つ春夢見姿はるゆめみすがた

피리 소리에 법화경 필사하던 손을 멈추고
찌푸린 그대 눈썹 아직 젊디젊구나.
笛の音に法華経うつす手をとどめひそめし眉よまだうらわかき

백단향 연기 내 쪽으로 끝없이 부채질하는
얄미운 저 부채를 빼앗아 봐야겠네.
白檀のけむりこなたへ絶えずあふるにくき扇をうばひぬるかな

망자 머리맡 독경하는 엄마의 곁에 그 아이
자그마한 두 발을 어여쁘다 보았네.
母なるが枕経よむかたはらのちひさき足をうつくしと見き

나의 노래에 눈동자 적시우던 그날의 당신
나의 임 떠나가고 열흘 지나버렸네.
わが歌に瞳のいろをうるませしその君去りて｜ 口たちにけり

추억이라며 그 바람 그리워서 자그만 부채

너무 부친 것일까 사북[14] 헐거워졌네.

かたみぞと風なつかしむ小扇のかなめあやふくなりにけるかな

봄날의 강물 함께 탄 배 위에서 젊은 아이가

부르는 어젯밤의 노래 질투가 나네.

春の川のりあひ舟のわかき子が昨夜ょべの泊の唄ねたましき

아쉬워말고 서두르라 보드란 손길로 각반

풀어줄 인연의 아이 저녁 기다릴지니.

泣かで急げやは手にはばき解くえにしえにし持つ子の夕を待たむ

제비가 우는 아침에 각반 끈이 느슨하듯이

버들도 흐리구나 저 멀리 그 집 주변.

燕なく朝をはばきの紐ぞゆるき柳かすむやその家ゃのめぐり

작은 강가의 나 마을 한 켠 버들 아래에서 임

떠난 모습에 우는 아이 아침에 봤네.

小川われ村のはづれの柳かげに消えぬ姿を泣く子朝見し

---

14 쥘 부채의 접었다 폈다하는 아랫머리에 박아 돌쩌귀처럼 쓰이는 물건.

꾀꼬리 우는 춥지 않은 아침 날 교토 산길에

떨어진 동백꽃 밟는 우리 사이 도탑네.

鶯に朝寒からぬ京の山おち椿ふむ人むつまじき

길을 걷다가 우연히 렌게쓰蓮月스님[15] 암자터 봤네

매화와 함께 가는 서쪽 교토의 산.

道たま／＼蓮月が庵のあとに出でぬ梅に相行く西の京の山

당신 앞에서 이태백 논할만한 제가 못되니

한시漢詩 재능 없음을 매화[16]에 푸념 않길.

君が前に李青蓮説くこの子ならずよき墨なきを梅にかこつな

어느 한때는 부럽기만 하였던 내 친구의

머리칼에 분향의 재가 내려앉았네.

あるときはねたしと見たる友の髪に香の煙のはひかかるかな

내 봄날 같은 스무 살 모습으로 보이는구나

깊은 곳은 진홍빛 겉은 옅은 모란색.

わが春の二十姿と打ぞ見ぬ底くれなゐのうす色牡丹

---

15 여류가인 오타가키 렌게쓰(大田垣蓮月)를 말하는 것으로 뎃칸의 아버지와 친분이 있었음.
16 뎃칸은 한시에 능통했으며 뎃칸(鉄幹)이라는 호가 늙은 매화 줄기를 의미하므로 그의
   비유.

청춘은 그저 술잔에 부어내면 그만이거늘
똑똑한 얼굴을 한 목련꽃이로구나.
春はただ盃にこそ注っぐべけれ智慧あり顔の木蓮や花

그리 말해도 어젯밤 그대가 한 사랑이야기
혼자서 왼쪽으로 베개 벤 애달픈 밤.
さはいへど君が昨日の恋がたりひだり枕の切なき夜半よ

그대 공연히 초조해 보이는 밤 윗옷 안쪽에
쓴 것은 노래인가 부용芙蓉[17] 이란 두 글자.
人そぞろ宵の羽織の肩うらへかきしは歌か芙蓉といふ文字

거문고 위로 매실이 떨어지는 숙소의 오후
근처 맑은 물소리에 노래 읊조리는 그대.
琴の上に梅の実おつる宿の昼よちかき清水に歌ずする君

까무룩 잠든 그대 옆 짐 가방에 사랑의 시집
예전의 노래일까 새로운 노래일까.
うたたねの君がかたへの旅づつみ恋の詩集の古きあたらしき

---

17 당시 뎃칸의 부인이던 다키노(滝野)의 애칭.

문에 기대어 창포 파는 아이의 짧은 앞머리
옅은 안개 걸리는 정취 풍기는 아침.
戸に倚りて菖蒲売る子がひたひ髪にかかる薄靄にほひある朝

장맛비에도 옛일이 떠오르네 먼 산 암자에
망자 옆 밤샌 분께 빈도리 꽃 드렸지.
五月雨もむかしに遠き山の庵通夜する人に卯の花いけぬ

마흔여덟 절[18] 어디선가 종소리 울려 퍼지네
지금 호수 북쪽엔 비구름은 낮은데.
四十八寺じそのひと寺の鐘なりぬ今し江の北雨雲ひくき

나의 임에게 내어 드린다하면 죄가 될까요
새하얀 나의 팔을 신게 어찌 드리리.
人の子にかせしは罪かわがかひな白きは神になどゆづるべき

되돌아보며 당신께 허락받은 소매를 접고
어둠속 불어오는 바람에 깊어진 봄.
ふりかへり許したまへの袖だたみ闇くる風に春ときめきぬ

---

18 고대 쇼토쿠(聖德) 태자가 건립했다는 오미(近江) 지역, 지금의 시가 현(滋賀県) 일대의
전설적 사찰들을 일컬음.

저녁에 내리는 정취 가득한 비여 떠나는 그대
지름길 묻지 말고 머물다가 가소서.
夕ふるはなさけの雨よ旅の君ちか道とはで宿とりたまへ

바위를 지나 계곡을 내려와서 진달래 꺾고
도읍지의 화공과 강에서 헤어졌네.
巖をはなれ谿をくだりて躑躅をりて都の絵師と水に別れぬ

봄날 사랑에 그 누가 하얀 벽에 기대어 있나
울적한 나그네 신세 등꽃 저물어가고.
春の日を恋に誰れ倚るしら壁ぞ憂きは旅の子藤たそがるる

기름의 흔적 올림머리 그분을 오늘에서야
알아차린 집 벽에 오얏 꽃 떨어지네.
油のあと島田のかたと今日知りし壁に李の花ちりかかる

목덜미 얹은 손 나지막한 속삭임 등꽃 핀 아침
나는 어찌하라고 여행 떠나는 그대.
うなじ手にひくきささやき藤の朝をよしなやこの子行くは旅の君

흔들림 없어 독경하는 것으로 보이십니까
하품下品의 부처시여 상품上品의 부처시여.
まどひなくて経ずする我と見たまふか下品げぼんの仏上品じゃうぼんの仏

떠내려 보낸 나뭇잎 배 네 개 홍매화 올린

저기 저 배 혼자서 천천히도 떠가네.

ながしつる四つの笹舟紅梅を載せしがことにおくれて住きぬ

안쪽 방에서 들려온 귀한 아기의 첫 울음소리

상기된 아버지의 얼굴 젊기도 해라.

奥の室まのうらめづらしき初声ぅぶごゑに血の気のぼりし面まだ若き

당신의 노래 입으로 읊조리다 밤에 기대인

기둥이 차가웁네 가을비는 내리고.

人の歌をくちずさみつつ夕よる柱つめたき秋の雨かな

예쁜 백합 핀 작은 풀더미 속에 그대 기다려

들녘 멀리 물들며 무지개 나타났네.

小百合さく小草がなかに君まてば野末にほひて虹あらはれぬ

조심스러워 괜찮다 말하고는 그대 부모님

묘지 가는 산비탈 그대 손 안 잡았지.[19]

かしこしといなみにいひて我とこそその山坂を御手に倚らざりし

————————————

19 이어지는 단카 세 수는 아키코가 뎃칸의 부모님 묘를 찾아가 인사하는 내용.

도리베鳥辺[20] 들판 그대 부모님 묘에 다녀오는 길
기요미즈清水 언덕에 사랑노래 없었지.
鳥辺野は御親の御墓あるところ清水坂きよみづざかに歌はなかりき

그대 부모님 묘에 바친 흰 매화 유난히 하얗고
얼룩조릿대 세죽細竹 황혼녘에 물드네.
御親まつる墓のしら梅中に白く熊笹くまざさ小笹をざさたそがれそめぬ

아름다운 남자 태우고 가는 스님 너무도 젊네
얄밉기도 하여라 연꽃 배 비추는 달.
男きよし載するに僧のうらわかき月にくらしの蓮の花船

불경 읽기에 젊은 승려 목소리 희미한 달빛
그 아래서 연꽃 배 형이 노저어가네.
経にわかき僧のみこゑの片明月の蓮船兄こぎかへる

뜬 연잎 꺾다 젖어버린 옷소매 빨간 물방울
연꽃 위에 떨구어 사랑 알려줘야지.
浮葉きるとぬれし袂の紅あけのしづく蓮にそそぎてなさけ教へむ

---

20 교토의 기요미즈데라(清水寺) 근처의 지명으로 고대로부터 화장터로 유명.

어떨까 하여 젊은 나의 입술을 맞추어보니
너무나 차가웠네 하얀 연꽃의 이슬.
こころみにわかき唇ふれて見れば冷かなるよしら蓮の露

밝아오는 밤 강폭 넓은 사가嵯峨의 난간 위에서
나란히 물빛 옷 입은 우리 둘만의 여름.
明くる夜の河はばひろき嵯峨の欄らんきぬ水色の二人の夏よ

하얀 수초 꽃 따겠다고 산 속의 물에 담그다
편지마저도 그만 젖은 얇은 옷소매.
藻の花のしろきを摘むと山みづに文がら濡ひぢぬうすものの袖

소 데려다가 나무 그늘에 두고 그림 그리는
그대의 무명옷에 감꽃이 떨어지네.
牛の子を木かげに立たせ絵にうつす君がゆかたに柿の花ちる

누구의 붓에 물들인 부채인고 작년까지는
흰 부채 좋아하던 그대 아니었던가.
誰が筆に染めし扇ぞ去年こぞまでは白きをめでし君にやはあらぬ

닮은 이 보고 다시금 이 내 마음 어지러웠지
장난치는 건가요 사랑의 신들이여.
おもざしの似たるにまたもまどひけりたはぶれますよ恋の神々

장맛비 내려 축대 무너져 버린 도바鳥羽 이궁離宮[21] 에

북서쪽 연못가는 벗풀 꽃 피었구나.

五月雨に築土つぃぢくづれし鳥羽殿とばどののいぬゐの池におもだかさきぬ

제비 날개에 또르르 떨어지는 봄비를 받아

매만질까 아침에 잠에서 깬 머리칼.

つばくらの羽にしたたる春雨をうけてなでむかわが朝寝髪

흰 국화 꺾어 미소 짓던 아침의 내 모습 몰래

훔쳐보았노라고 적어 보낸 이 있네.

しら菊を折りてゑまひし朝すがた垣間みしつと人の書きこし

옷소매 아래 보라색의 실로는 꿰매지 않으리

당기면 드리고파 긴 옷소매일지라도.

八つ口をむらさき緒もて我れとめじひかばあたへむ三尺の袖

봄바람 따라 벗꽃 잎 흩날리는 충탑의 저녁

비둘기의 날개에 노래 물들여 보리.

春かぜに桜花ちる層塔のゆふべを鳩の羽はに歌そめむ

---

21 교토 후시미(伏見)구 도바(鳥羽)에 있던 시라카와(白河) 도바 상황(上皇)의 이궁. 현재는 공원.

밉지 않구나 내게 질투한다고 들었던 그녀
집 담에 핀 황매화 노래하며 지나네.
憎からぬねたみもつ子とききし子の垣の山吹歌うて過ぎぬ

난간에 기댄 그 한쪽 소매마저 무거운 이별
구라마鞍馬[22] 서쪽으로 흘러가는 봄안개.
おばしまのその片袖ぞおもかりし鞍馬を西へ流れにし霞

단 한번 내게 신보다 더 숭고한 사랑 있었네
그날 아침 내 몸을 감싼 임의 비단옷.
ひとたびは神より更ににほひ高き朝をつつみし練ねりの下襲したがさね

---

22 「뎃칸 노래이야기(鉄幹歌話)」에 구라마에서 헤어진 것에 대한 이야기가 실려 있음.

흰 백합白百合

36수. '흰 백합'은 노래의 벗이자 뎃칸을 사이에 두고 삼
각관계였던 야마카와 도미코山川登美子의 애칭. 도미코가
아버지의 명으로 결혼하여 귀향하게 되고 그러한 일련의
과정에서 느낀 감정을 노래로 표현했다.

달 빛 아래 난간에 기댄 그대 아름다웠네
연잎 뒤 적은 그대 노래 잊지 않으리.
月の夜の蓮のおばしま君うつくしうら葉の御歌みうたわすれはせずよ

기나긴 머리칼 아름다운 두 소녀 달빛도 흐려
오늘 밤 하얀 연꽃 그 색깔 알 수 없네.
たけの髪をとめ二人に月うすき今宵しら蓮色まどはずや

연잎 가운데 누구에게 아랫구 쓰게 하시나

한 손에 소매잡고 윗구 쓴 젊은 스승.

荷葉はすなかば誰にゆるすの上かみの御句みくぞ御袖みそで片取るわかき師の君

서로 그리다 지금 이 마음으로 알 듯 모를 듯

그대 흰 싸리인지 내가 흰 백합인지.

おもひおもふ今のこころに分ち分かず君やしら萩われやしろ百合

어차피 그대 고향과는 멀어진 인간 세상이라

그 말에 잡았던 손 놓아버린 어젯밤.

いづれ君ふるさと遠き人の世ぞと御手はなちしは昨日の夕

우리 세 사람 이 세상의 초라한 남매 같다고

내가 먼저 말 꺼낸 교토 서쪽 여행길.

三たりをば世にうらぶれしはらからとわれ先づ云ひぬ西の京の宿

오늘밤 꿈 속 신에게 주지 않을 보드라운 손

어긋나지 않으리 하얀 백합 너의 꿈.

今宵まくら神にゆづらぬやは手なりたがはせまさじ白百合の夢

꿈에서라도 제발 제발 바라며 꿈 속 신에게

작은 백합 위 이슬 너의 노래 바치네.

夢にせめてせめてと思ひその神に小百合の露の歌ささやきぬ

곁방 빈지문 살짝이 밀어 여는 나를 불러서
가을밤 어떠냐며 길지 짧은지 묻네.
次のまのあま戸そとくるわれをよびて秋の夜いかに長きみぢかき

친구의 발이 차가웠어요 라고 여행길 아침
나의 젊은 스승께 무심코 말했다네.
友のあしのつめたかりきと旅の朝わかきわが師に心なくいひぬ

방 한 칸 건너 때때로 새나오는 그대 숨소리
그날 밤 흰 매화꽃 껴안는 꿈꾸었네.
ひとまおきてをりをりもれし君がいきその夜しら梅だくと夢みし

아무 말 없이 듣지도 않고 그저 주억거리며
이별한 날은 육일 우리 둘과 한 사람.
いはず聴かずただうなづきて別れけりその日は六日二人と一人

양 날개 펼쳐 덮어주었던 일도 보람없구나
아름다운 나의 벗 교토 서쪽의 가을.
もろ羽かはし掩ひしそれも甲斐なかりきうつくしの友西の京の秋

별이 되어서 다시 만날 때까지 추억하려마
한 이불 속에 누워 들었던 가을 소리.
星となりて逢はむそれまで思ひ出でな一つふすまに聞きし秋の声

인간 세상에 재능 너무 뛰어난 나의 벗 이름

그 끝은 슬프구나 오늘 가을 저물 듯 낭.

人の世に才秀でたるわが友の名の末かなし今日秋くれぬ

별나라 그대 너무나도 연약해 옷소매 걷고

악마와 귀신에게 이기겠다 말하오.

星の子のあまりによわし袂あげて魔にも鬼にも勝たむと云へな

하얀 백합꽃 일부러 악마 손에 꺾게 하고서

주워서 품으려는 신의 마음이던가.

百合の花わざと魔の手に折らせおきて拾ひてだかむ神のこころか

하얀 백합은 그야말로 고상한 네 마음 같고

겉모습은 화려한 붉은 부용꽃 같아.

しろ百合はそれその人の高きおもひおもわは艶にほふ紅芙蓉べにふようとこそ

그렇다 해도 그 한때는 너무나 눈이 부셨네

여름 들녘 가득 찬 하얀 백합꽃처럼.

さはいへどそのひと時よまばゆかりき夏の野しめし白百合の花

벗은 스무 살 두 살 많은 내 나이 안 어울린다

하지는 않을테니 사랑이라 전하리.

友は二十はたちふたつこしたる我身なりふさはずあらじ恋と伝へむ

그 뜨거운 피 서로 되뇌지 않을 약속 되었지
봄에 가을 산여뀌 찾지 마소서 그대.
その血潮ふたりは吐かぬちぎりなりき春を山蓼やまたでたづねますな君

가을 날 셋이 나무 열매 던져준 잉어는 없고
연못의 아침바람 손과 손 차갑구나.
秋を三人みたり椎の実なげし鯉やいづこ池の朝かぜ手と手つめたき

하늘 저편의 와카사若狭[23] 북쪽으로 나를 태워갈
구름은 없는 건가 교토 서쪽 산에는.
かの空よ若狭は北よわれ載せて行く雲なきか西の京の山

한 송이 꽃을 찾으러 계곡으로 그대 오세요
와카사의 눈 속도 견뎌낸 붉은 그 꽃.
ひと花はみづから渓にもとめきませ若狭の雪に堪へむ紅くれなゐ

"내 필적으로 산 속에 사는 모습 추측하세요"
사람 통해 전한 편지 아무렇지 않은 양.
『筆のあとに山居やまゐのさまを知りたまへ』人への人の文さりげなき

---

23 현재의 후쿠이(福井) 현 남서부 일대를 일컫는 옛 지명.

교토는 왠지 괴로운 곳이라고 적다가 말고

그대 내려다보는 가모加茂 강 하얗구나.

京はもののつらきところと書きさして見おろしませる加茂の河しろき

원망스럽네 탕 속에 들어가서 혼자인 동안

노래가 없다보니 그대 멀어진 실감.

恨みまつる湯におりしまの一人居ひとりゐを歌なかりきの君へだてあり

가을 이불 속 괴로운 아침의 나 원망했었네

차가웠던 그 가을 교토의 봄에서 느껴.

秋の衾あしたわびし身うらめしきつめたきためし春の京に得ぬ

잊어버리고 계곡을 내려가는 그대 뒷모습

마른 어깨 위로 내리는 여린 봄볕.

わすれては谿へおりますうしろ影ほそき御肩みかたに春の日よわき

교토 종소리 울려 퍼지는 오늘 이 순간은

나는 없네 그녀와 그 때문에 울었네.

京の鐘この日このとき我れあらずこの日このとき人と人を泣きぬ

비와琵琶 호수[24] 로 산 넘어 함께 가자 그대 말했던

가을날의 우리 셋 공연히 들뜬 마음.

琵琶の海山ごえ行かむいざと云ひし秋よ三人みたりよ人そぞろなりし

---

24 일본 최대의 호수로 시가(滋賀) 현에 있음.

교토의 강물 깊은 곳 내려다본 가을에 그대
상처 낸 손가락 끝 살풍경한 핏자국.
京の水の深み見おろし秋を人の裂きし小指の血のあと寒き

산여뀌꽃 색 그보다 더욱 깊은 붉은 빛깔은
매화야 조심하렴 벌 받을지 모르니.
山蓼のそれよりふかきくれなゐは梅よはばかれ神にとがおはむ

악마 앞에서 이상 버린 나약한 여자라면서
암흑 속의 친구를 손가락질 마시게.
魔のまへに理想ぉもひくだきしよわき子と友のゆふべをゆびさしますな

악마의 소행 운명이라 여기고 눈 감아버린 벗
그 한 손에 든 꽃이 불안하기만 하네.
魔のわざを神のさだめと眼を閉ぢし友の片手の花あやぶみぬ

노래를 세어 그녀와 나에게서 배우려 말길
아직 너무도 작은 하얀 백합 싹이니.
歌をかぞへその子この子にならふなのまだ寸すんならぬ白百合の芽よ

스무살 아내はたち妻

87수. 아내가 된 기쁨으로 시작한다. 뎃칸의 부인이 아이들을 데리고 집을 나간 후 뎃칸과 함께 생활하게 된 자신의 상황과 심정을 노래하였다.

이슬에 잠이 깨어서 눈을 들어 바라다보니
들녘은 꿈에서 본 보랏빛의 무지개.
露にさめて瞳もたぐる野の色よ夢のただちの紫の虹

부서진 벽에 티티안[25] 의 그림은 보기 괴로워
흘러넘치는 술독 밤에 숨기지 말아요.
やれ壁にチチアンが名はつらかりき湧く酒がめを夕に秘めな

---

25 티치아노 베셀리오(Tiziano Vecellio, 1488?~1576). 이탈리아 르네상스 화가로 프랑스어인 티티안Titien으로 유명.

아무것도 아닌 한조각 구름에서 나는 보았네
길 이끌어 깨우친 찬송가의 그 향기.
何となきただ一ひらの雲に見ぬみちびきさとし聖歌のにほひ

신을 등지고 다시금 이곳에서 그대 만났네
이별과 이별할 때의 흔들림 이제 없네.
神にそむきふたたびここに君と見ぬ別れの別れさいへ乱れじ

연못 속으로 던져버린 성경책 다시 주워서
하늘 올려다보고 울며 헤매이는 나.
淵の水になげし聖書を又もひろひ空そら仰ぎ泣くわれまどひの子

성경을 끼고 그대 부모님 묘에 엎드려서는
미륵의 이름들을 저녁에 읊조렸네.
聖書だく子人の御親みおやの墓に伏して弥勒みろくの名をば夕に喚びぬ

신도 더 이상 어찌할 수 없는가 연지 향기에
이끌리어 사랑에 눈 멀어버린 소녀.
神ここに力をわびぬとき紅べにのにほひ興がるめしひの少女

야위었어도 팔에 흐르는 피는 여전히 젊네
죄에 우는 아이라 신이여 보지 마오.
痩せにたれかひなもる血ぞ猶わかき罪を泣く子と神よ見ますな

생각 않는가 꿈을 꾸지 않는가 젊은 그대여

정열에 타는 입술 눈에 비치지 않는가.

おもはずや夢ねがはずや若人わかうどよもゆるくちびる君に映つらずや

그대여 안녕 무산巫山²⁶ 의 꿈 속 같은 봄날에 만난

하룻밤 아내 다음 세상까지 잊기를.

君さらば巫山の春のひと夜妻ょづままたの世までは忘れゐたまへ

달지 아니면 쓸지 궁금하구나 나를 보고서

젊으신 승려께서 흘렸던 눈물의 맛.

あまきにがき味うたがひぬ我を見てわかきひじりの流しにし涙

노래에 이름 묻지 않고 주고받은 하룻밤을

인연과 먼 밤이라 생각지는 말아요.

歌に名は相ぁひ問はざりきさいヘ一夜ひとよゑにしのほかの一夜とおぼすな

강물 향기를 옷으로 덮어버린 젊은 신께서

풀에게 안 보이게 바람도 흔드누나.

水の香をきぬにおほひぬわかき神草には見えぬ風のゆるぎよ

---

26 초나라 양왕이 꿈 속에서 선녀와 하룻밤을 보냈다는 고사가 있는 중국의 명산.

풀린 봄 물의 농담 들으며 웃는 신의 새하얀

이에도 선명하게 꽃의 밤은 샜도다.

ゆく水のざれ言きかす神の笑まひ御歯みはあざやかに花の夜あけぬ

백합꽃에게 천상에서 보내는 작은 나비의

하늘색 날개 달려 시침실을 뜨는 신.

百合にやる天ぁめの小蝶のみづいろの翅はねにしつけの糸をとる神

하나의 피로 마음이 붉어지는 봄의 생명력

엎드려 비는 마음에 신이 이끌려 오네.

ひとつ血の胸くれなゐの春のいのちひれふすかをり神もとめよる

내가 간직한 추억 속의 그대는 게서 보시리

나른한 봄날 저녁 황금빛 구름 조각.

わがいだくおもかげ君はそこに見む春のゆふべの黄雲きぐものちぎれ

가슴 속 맑은 물 넘쳐흘러 결국은 흐려졌구나

그대도 죄 많은 몸 나 또한 죄 많은 몸.

むねの清水あふれてつひに濁りけり君も罪の子我も罪の子

젊은 승려를 불러 깨우려 다가간 봄날의 창가

소녀 소매 닿더니 불경이 무너졌네.

うらわかき僧よびさます春の窓ふり袖ふれて経くづれきぬ

이리 될 오늘 알지 못한 채 지혜 짜내지 못하고
견우와 직녀처럼 긴 이별을 한 아침.
今日を知らず智慧の小石は問はでありき星のおきてと別れにし朝

봄에 쓸쓸한 패다라엽[27] 이라는 말을 들으니
불당 저녁해 보며 벗의 세상 눈물짓네.[28]
春にがき貝多羅葉ばいたらえふの名をききて堂の夕日に友の世泣きぬ

두 달을 그저 노래에 매달리는 산본기三本樹 숙소[29]
가모가와 물떼새 사랑 못 하는 아이.
ふた月を歌にただある三本樹加茂川千鳥恋はなき子ぞ

어린 소녀의 젖내 섞인 봄비에 이 날개를
물들여야겠구나 흰 비둘기 같은 나.
わかき子が乳の香まじる春雨に上羽を染めむ白き鳩われ

저녁 어스름 꽃 속에 숨어 버린 작은 여우의
솜털에 퍼져가는 북쪽 사가嵯峨 종소리.
夕ぐれを花にかくるる小狐のにこ毛にひびく北嵯峨の鐘

---

27 고대 인도에서 종이 대신 나뭇잎에 쓴 불경의 한 형태.

28 아키코와 동향 사람인 가와이 스이메이(河井醉茗)에게 보낸 편지에 동봉한 노래.

29 교토시 가모가와 상류 지역으로 가모가와를 내려다보기 좋은 위치. 산본기의 시가라키
(信楽) 여관은 아키코 가족이 교토에 가면 통상 머물던 숙소.

꾼 것은 그저 수수하고 약한 꿈 용서하세요

나그네여 당신과 나 나눌 말 없음을.

見しはそれ緑の夢のほそき夢ゆるせ旅人かたり草なき

가슴과 가슴 서로 생각 달라도 소나무 바람

벗의 볼 스쳐가네 나의 볼 스쳐가네

胸と胸とおもひことなる松のかぜ友の頬を吹きぬ我頬を吹きぬ

들장미 꺾어 머리에 꽂아보고 손에도 들고

오랫동안 들녘서 그대 오기 기다려.

野茨のばらをりて髪にもかざし手にもとり永き日野辺に君まちわびぬ

청춘의 봄이란 말은 마오 그 아침 바람에 터진

소매를 안은 내게 무심하기도 한 그대.

春を説くなその朝かぜにほころびし袂だく子に君こころなき

봄에 똑같이 급류 달릴지언정 어린 은어를

잡는 낚시 줄은 붉지도 않건마는.

春をおなじ急瀬はやせさばしる若鮎の釣緒つりをの細緒くれなゐならぬ

물속 흐리듯 비치는 검은 머리칼 누구 것일까

비단잉어의 등에 매화꽃 떨어지고.

みなぞこにけぶる黒髪ぬしや誰れ緋鯉のせなに梅の花ちる

그 가을 그대 기댄 기둥 탓했네 매화 핑계 댄
우리 함께 보냈던 다음날 그대 노래.
秋を人のよりし柱にとがめあり梅にことかるきぬぎぬの歌

교토의 산에 짙게 물든 홍매와 백매 두 사람
같은 꿈을 꾸었던 봄이라 알아줘요.
京の山のこぞめしら梅人ふたりおなじ夢みし春と知りたまへ

아 그리워라 목욕물과 매화 향 산 속 숙소의
판자문에 기대어 임 기다렸던 어둠.
なつかしの湯の香梅が香山の宿の板戸によりて人まちし闇

어떤 말로도 노래로도 안 하리 이내 심정은
바로 그날 그 때의 가슴에서 가슴으로.
詞にも歌にもなさじわがおもひその日そのとき胸より胸に

노래 고민하며 잠든 어젯밤 꿈에『꾸지나무 잎梶の葉』
작가[30] 보았네 검고 아름다운 머리칼.
歌にねて昨夜ょべ梶の葉の作者見ぬうつくしかりき黒髪の色

---

30 교토 기온의 요정 주인 가지메(梶女)로 가인이었으며 아키코가 그녀의 가집을 애독했
다고 함.

남쪽 교토에 연지 파는 가게의 문을 나오는
저 남자 귀여워라 봄날 달빛 아래에.
下京しもぎゃうや紅屋べにゃが門をくぐりたる男かはゆし春の夜の月

사립문 있고 홍매화 피어 있는 물 흐르는 곳
서 있는 아이 나보다 미소 아름답구나.
枝折戸あり紅梅さけり水ゆけり立つ子われより笑みうつくしき

흰 매화 향기 소매에 스며들고 목욕물 향은
속옷에 잠시지만 그대 안녕 안녕히.
しら梅は袖に湯の香は下のきぬにかりそめながら君さらばさらば

이십년 간의 내 인생은 행복과 인연 없었지
적어도 지금 꾸는 꿈은 이루어지길.
二十はたとせの我世の幸さちはうすかりきせめて今見る夢やすかれな

이십년 세월 힘들었던 생명의 울림 있다며
여름의 내 노래에 울어주었던 그대.
二十はたとせのうすきいのちのひびきありと浪華の夏の歌に泣きし君

뒤집어 쓴 옷 그 틈으로 들어온 매화 향 밉게
옛 사랑 이야기를 꿈에 빗대는 그대.
かづくきぬにその間まの床とこの梅ぞにくき昔がたりを夢に寄する君

결국은 꿈이 아닌 거짓 이야기 방 안의 등불
꺼지고서 그대는 언제 사라진 걸까.
それ終に夢にはあらぬそら語り中なかのともしびいつ君きえし

그대 간다는 그날 저녁 둘이서 기둥에다가
물들여 놓은 것은 흰 싸리꽃의 노래.
君ゆくとその夕ぐれに二人して柱にそめし白萩の歌

애정이 시든 편지보고 병들어 쇠잔해져도
그런데도 그대를 역시 그리워하네.
なさけあせし文みて病みておとろへてかくても人を猶恋ひわたる

밤의 신이 그 흔적 찾아 헤매는 흰 이불깃에
머릿기름의 내음 비 오는 아침 숙소.
夜の神のあともとめよるしら綾の鬢の香朝の春雨の宿

여기 노을진 하늘 보고 미소 띤 스무 살 아이
무지개 같은 사랑 이야기에 숨었네.
その子ここに夕片笑ゆふかたゑみの二十はたちびと虹のはしらを説くに隠れぬ

오늘 아침에 당신이 안아올린 갓난아이가
자라서 언젠가 할 사랑 아름답기를.
このあした君があげたるみどり子のやがて得む恋うつくしかれな

사랑의 신께 보답으로 바쳤던 오늘의 노래

인연의 신께서는 언제쯤 받으실까.

恋の神にむくいまつりし今日の歌ゑにしの神はいつ受けまさむ

이토록 계속 진선미眞善美로만 마음 향하시나요

내 손에 있는 꽃은 붉디 붉어요 그대.

かくてなほあくがれますか真善美わが手の花はくれなゐよ君

검은 머리칼 천 갈래의 머리칼 흐트러지듯

그립고 그립다는 생각이 흐트러져.

くろ髪の千すぢの髪のみだれ髪かつおもひみだれおもひみだるる

그래 이상理想과 생각의 깊이 얕은 신세이기에

아침이슬 같은 나 다른 이 질투했지.

そよ理想りさうおもひにうすき身なればか朝の露草人ねたかりし

멈출 수 없이 설레는 이 마음을 그대 알겠지

떨어진 모란 꽃잎 옷 위에 빨갛듯이.

とどめあへぬそぞろ心は人しらむくづれし牡丹さぎぬに紅き

"아니었거늘" 그대 나중에 그렇게 읊조렸지만

내게는 영원토록 아름다운 꿈이네.

『あらざりき』そは後のちの人のつぶやきし我には永久とはのうつくしの夢

가려는 봄의 한 현 한 안족 위에 그리움 있네

그래도 불빛에 비친 내 머리칼 길구나.

行く春の一絃ひとを一柱ひとぢにおもひありさいへ火ほかげのわが髪ながき

설교하는 신 올려다 보기에는 눈꺼풀 무겁네

내 사랑은 암흑에 한밤중 꿈속이니.

のらす神あふぎ見するに瞼おもきわが世の闇の夢の小夜中さよなか

그 어린 양은 누구와 닮았는가 묻는 그대의

눈동자에 비치는 들녘은 노을 지고.

そのわかき羊は誰に似たるぞの瞳の御色みいろ野は夕なりし

나풀거리는 하얀 얇은 옷 입고 곁눈질하니

불빛에 비춰 멋진 원망스러운 그대.

あえかなる白きうすものまなじりの火かげの栄はぇの詛のろはしき君

홍매에 끌려 둘이 간 교토 산속 비구니 이모

살고 있는 절에는 찾아가지 않았지.

紅梅にそぞろゆきたる京の山叔母の尼すむ寺は訪はざりし

여러 가지 색 꽃으로 꾸며 놓은 관 속에 누운

친구의 그 모습은 여전히 아름답네.

くさぐさの色ある花によそはれし棺ひつぎのなかの友うつくしき

오년 세월은 꿈같지 않았으니 보세요 봄에

화려한 빛깔 없이 풀만 무성한 마을.

五つとせは夢にあらずよみそなはせ春に色なき草ながき里

여행길에서 노래 떠오른다며 일부러 갔지

어린잎 향기 나렴 이코마生駒 가쓰라기葛城[31].

すげ笠にあるべき歌と強ひゆきぬ若葉よ薫れ生駒葛城

낮게 드리운 보랏빛 구름 아래 꿈속인 마냥

모란은 한낮동안 조용히 평화롭네.

裾たるる紫ひくき根なし雲牡丹が夢の真昼まひるしづけき

보라빛깔의 내 생애의 사랑은 동틀녘 같아

양손의 향기 나르는 순풍 끊이질 않네.

紫のわが世の恋のあさぼらけ諸手もろでのかをり追風ながき

이 그리움이 한낮의 꿈이라고 누가 말할까

술 향기 그리워서 찾게 되는 봄 같네.

このおもひ真昼の夢と誰か云ふ酒のかをりのなつかしき春

---

31 이코마 산과 가쓰라기 산 모두 오사카와 나라 사이에 걸친 산으로 벚꽃과 단풍의 명승지.

초록 펼쳐진 곳 배움의 신전이라 손 가리키는
신에게 대답 않고 꺾는 저녁 제비꽃.
みどりなるは学びの宮とさす神にいらへまつらで摘む夕すみれ

거짓 울림은 매일 밤 버릇인가 미칠 것 같은
너 거문고여 나의 한쪽 소매 내주마.(거문고에게)
そら鳴りの夜ごとのくせぞ狂くるほしき汝なれよ小琴よ片袖かさむ(琴に)

주인이 누구든 가슴에 닿고 싶은 저무는 봄의
거문고라 알아줄 아직 앳된 그대여. (거문고의 대답)
ぬしえらばず胸にふれむの行く春の小琴とおぼせ眉やはき君(琴のいらへて)

작년에 죽은 누이 이름 부르며 어스름 저녁
문 앞에 선 저 사람 애달프기도 해라.
去年こぞゆきし姉の名よびて夕ぐれの戸に立つ人をあはれと思ひぬ

열아홉 살의 나 이미 제비꽃이 하얀 줄 알고
물줄기 말라가듯 사랑 덧없다 했네.
十九つつのわれすでに菫を白く見し水はやつれぬはかなかるべき

일 년 걸려도 내 모습 그림으로 다 담지 못해
그리던 붓 버리고 시로 표현한 그대.
ひと年をこの子のすがた絹に成らず画の筆すてて詩にかへし君

하얀 것 지고 빨간 것은 망가진 바닥의 모란

고잔五山[32] 승려들 간의 논쟁이 무섭구나

白きちりぬ紅きくづれぬ床ゆかの牡丹五山の僧の口おそろしき

지금의 길로 나를 이끈 언니가 고마치小町[33] 같은

종말이 아니기를 기도하라며 떠났네.

今日の身に我をさそひし中なかの姉小町こまちのはてを祈れと去いにぬ

가을 맥없고 봄은 짧은 것이라고 흔들림 없이

말할 이가 있다면 나 그 길 묻고 싶어.

秋もろし春みじかしをまどひなく説く子ありなば我れ道きかむ

오라 하고선 다가가면 모른 척 내 손 뿌리친

그대의 옷 내음이 어둠 속 은은했지.

さそひ入れてさらばと我手はらひます御衣みけしのにほひ闇やはらかき

병들어 들어간 산 속 불당에 봄이 저무는 오늘

기나긴 편지 왔네 화공인 임에게서.

病みてこもる山の御堂に春くれぬ今日文ながき絵筆とる君

---

32 교토의 격식 높은 다섯 개의 선종 사찰.
33 고대 여류 가인 오노노 고마치(小野小町)를 말하며 그 미모와 영락한 말년의 전설로 유명.

요사노 아키코 与謝野晶子

강가 집 문 앞 보슬비가 내리는 버들 들녘을
말 타고 가는 두 명 그 한 명이 모는 백마.
河ぞひの門小雨ふる柳はら二人の一人めす馬しろき

노래란 이런 것 피가 들끓지 라고 말한 벗에게
미소를 보이고서 왠지 쓸쓸한 느낌.
歌は斯くよ血ぞゆらぎしと語る友に笑まひを見せしさびしき思

생각이 있어 담을 넘어 찾아온 산양이라고
생각이 있다 한들 꽃이 어찌하겠는가.
とおもへばぞ垣をこえたる山ひつじとおもへばぞの花よわりなの

나막신 신고 연못에 빠질 듯이 불안하건만
붓꽃 자를 가위질 힘이 부족하구나.
庭下駄に水をあやぶむ花あやめ鋏はさみにたらぬ力をわびぬ

버들 젖은 아침 문 앞을 지나가는 글 심부름
푸른 나선 장식한 날렵한 그 서찰함
柳ぬれし今朝門かどすぐる文づかひ青貝あをがひずりのその箱ほそき

"새삼 그렇게 청춘을 답답하게 여긴 그대"
이래서 나 눈 감고 그대 손에 기댔지.
『いまさらにそは春せまき御胸なり』われ眼をとぢて御手にすがりぬ

그 친구는 사랑의 번민 끝에 노래 지었고
괴로운 날 부르는 신 입은 옷 검었지.
その友はもだえのはてに歌を見ぬわれを召す神きぬ薄黒き

그대 애정은 기울이지 마시고 죄 많은 내가
사랑에 미친 모습 보겠다 말하세요.
そのなさけかけますな君罪の子が狂ひのはてを見むと云ひたまへ

충고하나요 도리를 말하나요 타이르나요
운명 따위 잊고서 제 피를 드시지요.
いさめますか道ときますかさとしますか宿世のよそに血を召しませな

약했던 사랑 덧없던 사랑이라고 봄의 노래를
태우기에 내 피가 너무 젊은 것인지.
もろかりしはかなかりしと春のうた焚くにこの子の血ぞあまり若き

더위에 여윈 나는야 질투 많은 스무 살 아내
여름 도쿄 살이에 교토 운운하는 그대
夏やせの我やねたみの二十妻はたちづま里居さとゐの夏に京を説く君

틀어박혀서 가집歌集 노래 고르는 질투장이 아내
오월의 한 집안에 우리 둘 아름다워.
こもり居に集の歌ぬくねたみ妻五月さつきのやどの二人うつくしき

무희舞姫

22수. 교토의 무희를 주인공으로 읊은 노래.

손님 모시고 오이大堰 강 바라보는 난간에서는

무희의 근심마냥 걱정스러운 긴소매.

人に侍る大堰おほゐの水のおばしまにわかきうれひの袂の長き

붉은 부채에 애석함의 눈물 나 사가嵯峨의 짧은 밤

어느새 지나고 새벽 공기 차갑네.

くれなゐの扇に惜しき涙なりき嵯峨のみじか夜暁あけ寒かりし

아침의 가는 빗줄기에 작은 북 감싸 안고서

걸어가는 줄무늬 긴 소매의 무희.

朝を細き雨に小鼓こつづみおほひゆくだんだら染の袖ながき君

사람을 따라 오늘 무희의 노래 들으러 갔네
기온祇園 기요미즈清水에는 둥그스름한 봄 산.
人にそひて今日京の子の歌をきく祇園清水春の山まろき

붉은 옷깃에 꽂아 놓은 춤 부채 술 취한 이가
장난삼아 끄적여 흔적 남기지 말길.
くれなゐの襟にはさめる舞扇まひあふぎ酔のすさびのあととめられな

멋지게 부푼 머리모양 하고서 앞머리에는
회담홍색 끈이라 정말로 아쉽구나.
桃われの前髪ゆへるくみ紐やときいろなるがことたらぬかな

옅은 노랑 빛 바탕에 부채 문양 교토의 옷
아홉 자 허리띠는 소매보다도 길고.
浅黄地に扇ながしの都染みゃこぞめ九尺のしごき袖よりも長き

시조四条 다리 위 새하얀 분 두껍게 칠한 무희의
이마에 부딪히는 해질녘의 싸락눈.
四条橋おしろいあつき舞姫のぬかささやかに撲つ夕あられ

펴서 받쳐 든 우산에는 붉은 색 호랑나비 무늬
옷자락 잡은 손에 살짝 내려앉는 눈.
さしかざす小傘に紅き揚羽蝶あげはてふ小褄とる手に雪ちりかかる

무희가 그만 까무룩 조는 모습 어여쁘구나
이 아침 교토에 떠가는 봄의 강배.
舞姫のかりね姿ようつくしき朝京くだる春の川舟

홍매색 바탕 금실로 수를 놓은 국화의 향연
다섯 장 겹친 옷깃 그립기도 하구나.
紅梅に金糸のぬひの菊づくし五枚かさねし襟なつかしき

춤추는 옷의 끝자락에 목소리 덮어두었지
여기만이 어둠 속 봄밤의 복도 회랑.
舞ぎぬの袂に声をおほひけりここのみ闇の春の廻廊わたどの

정말로 사람 치게 되면 어쩌나 걷어서 올린
소매자락 그대로 오늘 밤 어찌 춤출까.
まこと人を打たれむものかふりあげし袂このまま夜をなに舞はむ

세 번 또 네 번 같은 「교토의 사계」[34] 그것만 계속
청하는 손님이여 너무 괴롭습니다.
三たび四たびおなじしらべの京の四季おとどの君をつらしと思ひぬ

---

34 샤미센(三味線)에 맞추어 부른 속요(俗謠)의 곡명 중 하나.

고귀하신 분 무릎 위에다 그만 떨어뜨렸네
『겐지모노가타리源氏物語』[35] 행차 장면 그려진 빗.
あてびとの御膝みひざへおぞやおとしけり行幸源氏みゆきげんじの巻絵まきゑの小櫛

은으로 만든 머리 꽂는 꽃 빗이 무거운 탓에
춤추는 소매 자락 나부끼기 버겁네.
しろがねの舞の花櫛おもくしてかへす袂のままならぬかな

네 해 이전에 북치는 나의 손에 눈물 흘렸던
그대를 만날 수나 있을까 이내 몸은.
四とせまへ鼓うつ手にそそがせし涙のぬしに逢はれむ我か

커다란 북을 들기에도 버겁던 그 시절이여
예쁜 옷 입는 것이 그저 좋기만 했지.
おほつづみ抱かゝへかねたるその頃よ美よき衣きぬきるをうれしと思ひし

익숙해졌네 물떼새 우는 밤의 강바람 속에
북 치는 박자 맞춰 갈 수 있을 정도로.
われなれぬ千鳥なく夜の川かぜに鼓拍子つづみびゃうしをとりて行くまで

---

35 헤이안(平安) 시대 서기 약 1000년 경 무라사키 시키부(紫式部)가 지은 54권의 장편 이
  야기로 아키코가 현대어로 완역함.

여동생 켜는 거문고로는 아쉬운 으스름달밤

교토 아이 그립네 무희의 북치는 손.

いもうとの琴には惜しきおぼろ夜よ京の子こひし鼓のひと手

예쁘게 단장한 무희 앉히고서는 천 넓게 펼쳐

물감 푸는 저녁에 봄비는 내리누나.

よそほひし京の子すゑて絹きぬのべて絵の具とく夜を春の雨ふる

연모의 정을 오늘 그 무희에게 강요하나요

교토의 수재인 그대 수척해진 얼굴로.

そのなさけ今日舞姫に強しひますか西の秀才すゝいが眉よやつれし

청춘의 사랑 春思

80수. 정열적인 사랑의 절정을 노래하고 있다. 사랑에 빠진 여성을 관능적으로 표현한 다수의 노래가 실려있다.

절실히 바라니 불타오르는 대로 불타게 하라
이렇게 생각하며 저물어만 가는 봄.
いとせめてもゆるがままにもえしめよ斯くぞ覚ゆる暮れて行く春

봄날은 짧고 불멸의 생명 따위 없는 거라며
탱탱한 내 젖가슴 그대 만지게 했네.
春みじかし何に不滅の命ぞとちからある乳を手にさぐらせぬ

밤의 화실로 물감 냄새에 끌린 사랑의 소녀
태고적 여신과 그 청춘 닮지 않았나.
夜の室むろに絵の具かぎよる懸想の子太古の神に春似たらずや

사랑의 끝에 남는 것 무어냐고 따지지 마오
친구여 노래하길 마지막 십자가를.
そのはてにのこるは何と問ふな説くな友よ歌あれ終ひの十字架

어린 소녀의 가슴에 품은 거문고 소리 아나요
여행 떠난 그대여 제 팔베개 드리리.
わかき子が胸の小琴の音ねを知るや旅ねの君よたまくらかさむ

소나무 그늘 또 다시 만나게 된 그대와 나
인연의 신 얄궂다 생각하지 말아요.
松かげにまたも相見る君とわれゑにしの神をにくしとおぼすな

헤어진 어제 천년 세월 흐른 듯 아득하여도
당신의 손 여전히 내 어깨에 있는 듯.
きのふをば千とせの前の世とも思ひ御手なほ肩に有りとも思ふ

사랑 노래는 그대 취해 쓴 거라 먹칠을 하니
그대로 지워졌네 지워져 버렸다네.
歌は君酔ひのすさびと墨ひかばさても消ゆべしさても消ぬべし

신이여 영원히 젊은 날에 현혹된 잘못이라며
이 사랑 후회하는 제 노래 듣지 마소서.
神よとはにわかきまどひのあやまちとこの子の悔ゆる歌ききますな

목욕 마치고 감기에 걸리실까 건네어 드린

연지 보라 내 옷의 그대 아름다워라.

湯あがりを御風_{みかぜ}めすなのわが上衣ゑんじむらさき人うつくしき

그렇다 해도 얼굴에 얇은 천을 가릴 수 없으니

용서하세요 봄날 작은 병풍 세움을.

さればとておもにうすぎぬかづきなれず春ゆるしませ中なかの小屛風

하얀 광목의 머리칼 내음 스민 이불깃에는

물들게 할 노래가 없는 게 아니건만.

しら綾に鬢の香しみし夜着ょぎの襟そむるに歌のなきにしもあらず

해가 질 무렵 안개 속 어스름도 계시였으니

꺼진 등불 속 사랑 신은 아름답구나.

夕ぐれの霧のまがひもさとしなりき消えしともしび神うつくしき

타는 입술에 무엇을 머금을지 바르라 말한

그대 손가락의 그 피는 모두 굳었네.[36]

もゆる口になにを含まむぬれといひし人のをゆびの血は涸れはてぬ

---

36 뎃칸의 노래 '교토의 연지 그대에게 안 어울려 내가 깨물어 나온 손가락 피를 자 입술에
바르오(京の紅は君にふさはず我が嚙みし小指の血をばいざ口にせよ)'에 대한 응답.

모든 이들의 사랑을 갈구하는 입술에다가
독이 든 꿀 가져다 발라보고 싶어라.
人の子の恋をもとむる唇に毒ある蜜をわれぬらむ願ひ

삼년 동안은 그대 이름 모른 척 그 시도 안 읽고
지낸 것은 약하디 약한 마음 때문에.
ここに三とせ人の名を見ずその詩よまず過すはよわきよわき心なり

홍매화 계곡 안개가 붉어지는 아침의 모습
산이 아름답듯이 나도 아름답구나.
梅の渓の靄もゃくれなゐの朝すがた山うつくしき我れうつくしき

누구 것일까 합환목 그늘 아래 낚시터에서
그물 구멍 사이로 떨어지는 물빛 옷.
ぬしや誰れねぶの木かげの釣床つりどこの網のめもるる水色のきぬ

노래를 읊는 목소리 아름다운 어떤 나그네
그 향하는 마을의 복숭아꽃 희기를.
歌に声のうつくしかりし旅人の行手の村の桃しろかれな

아침의 비에 날개가 젖어버린 휘파람새를
쫓는 이 멋모르고 나이만 먹었구나.
朝の雨につばさしめりし鴬を打たむの袖のさだすぎし君

그대 손으로 떠다준 물로 씻은 그런 아침에

빌린 연지 붓 노래 적는 붓이 되겠지.

御手づからの水にうがひしそれよ朝かりし紅筆べにふで歌かきてやまむ

추운 봄날에 이틀 동안 교토의 산에 들어가

매화에 안 어울린 흐트러진 내 머리.

春寒はるさむのふた日を京の山ごもり梅にふさはぬわが髪の乱れ

노래 적는 붓 연지 붓으로 빌리니 끝이 얼었네

서쪽 교토의 너무 추운 봄날 아침에.

歌筆を紅べににかりたる尖さき凍いてぬ西のみやこの春さむき朝

봄날 저녁에 나지막히 부딪혀 종 치고 내려온

스물일곱 단으로 된 불당의 층층계단.

春の宵をちひさく撞きて鐘を下りぬ二十七段堂のきざはし

흐르는 물에 손 담그고 옛날과 다르지 않다

말하는 이의 사랑 불안한 그 둔감함.

手をひたし水は昔にかはらずとさけぶ子の恋われあやぶみぬ

아픈 나에게 다섯 살 어린 소년 서툰 솜씨로

피리를 불어주니 애절하게 들리는 밤.

病むわれにその子五つのをととなりつたなの笛をあはれと聞く夜

절절히 그리다 바느질 한 봄옷의 소매 안쪽에
원망하는 노래는 적게 하지 말아요.
とおもひてぬひし春着の袖うらにうらみの歌は書かさせますな

귀의하려는 인생을 쓸쓸하다 누가 우는가
흰 도라지꽃 폈네 사원 안 정원에는.
かくて果つる我世さびしと泣くは誰ぞしろ桔梗さく伽藍がらんのうらに

그대와 나의 같은 열아홉 시절 그때 모습을
비추어 담고 있는 이시즈石津 강³⁷ 이여.
人とわれおなじ十九のおもかげをうつせし水よ石津川の流れ

빈도리 꽃을 우산 든 손에 들고 옷자락 잡아
장맛비 골치아픈 변두리 마을이지.
卯の花を小傘にそへて褄とりて五月雨わぶる村はづれかな

예쁜 초롱등 남자 하나 인형에 바치었더니
나의 앞머리에는 복사꽃 떨어지네.
大御油おほみあぶらひひなの殿とのにまゐらするわが前髪に桃の花ちる

---

37 아키코의 고향인 사카이(堺)에 흐르는 강, 뎃칸도 한 때 근처 절에서 자라 기억을 공유.

여름 꽃에게 많고 많은 사랑을 허락한 신의
후회의 눈물인가 마른 들녘의 바람.
夏花に多くの恋をゆるせしを神悔い泣くか枯野ふく風

도리 운운 말고 나중을 생각 말고 이름 묻지 말고
지금 서로 사랑하며 바라보는 그대와 나.
道を云はず後を思はず名を問はずここに恋ひ恋ふ君と我と見る

마귀를 향해 검 자루 쥐기에는 너무 섬세한
그대의 다섯 손가락 거기에 입 맞췄네.
魔に向ふつるぎの束っかをにぎるには細き五つの御指みゅびと吸ひぬ

사라지려나 노래 읊는 사람의 꿈과 그것은
그것은 꿈이리니 진정 사라지려나.
消えむものか歌よむ人の夢とそはそは夢ならむさて消えむものか

사랑이라고 말하지 않더라도 환상 속 달콤한
꿈에서는 시인도 화가도 있었다네.
恋と云はじそのまぼろしのあまき夢詩人もありき画だくみもありき

그대 외치는 도리의 빛이 멀리 안 보이나요
똑같이 붉은 사랑의 안개 차오르거늘.
君さけぶ道のひかりの遠をちを見ずやおなじ紅あけなる靄もゃたちのぼる

아름다운 나 봄 같은 청춘의 나 정열의 불꽃
내게는 날아오를 자유의 날개 있네.
かたちの子春の子血の子ほのほの子いまを自在の翅はねなからずや

문득 그때부터 꽃에 매력 없어진 봄이 되었지
의심의 신 미혹의 신이 찾아온 그때.
ふとそれより花に色なき春となりぬ疑ひの神まどはしの神

나 슬프도다 깨어날 숙명의 꿈 영원하도록
깨지 말라고 비는 평범한 여자 됐네.
うしや我れさむるさだめの夢を永久とはにさめなと祈る人の子におちぬ

소녀의 머리칼 물방울 떨어져 풀에 맺히면
나비로 태어나는 이곳은 봄의 나라.
わかき子が髪のしづくの草に凝りて蝶とうまれしここ春の国

불공 올리는 마지막 저녁 비에 꽃도 검어져
고민만큼 길었던 머리 가벼워졌네.
結願けちぐわんのゆふべの雨に花ぞ黒き五尺こちたき髪かるうなりぬ

죄 많은 남자 따끔히 혼내주려 맑은 피부에
검고 긴 머리카락 가지고 태어난 나.
罪おほき男こらせと肌きよく黒髪ながくつくられし我れ

몰래 나오니 안개도 잦아들건만 그대 안 보여
저녁의 종 곁에서 이 마음 쓸쓸해라.
そとぬけてその靄もゃおちて人を見ず夕の鐘のかたへさびしき

봄의 실개천 기쁘게 꿈에 만나 그대 멀어진
아침에 빨간 물감 흘려보내렵니다.
春の小川うれしの夢に人遠き朝を絵の具の紅き流さむ

흐린 무지개 일곱 빛깔 그리는 어린 사람아
멋지지도 않은가 마신의 그 날개가.
もろき虹の七いろ恋ふるちさき者よめでたからずや魔神まがみの翼つばさ

취하여 우는 소녀로 봐주소서 봄의 신이여
남자가 뱉은 그 말 너무도 날카로워.
酔に泣くをとめに見ませ春の神男の舌のなにかするどき

사랑이란 술 짙고 풍부한 그 맛 노래할 만한
나이고 그대이지 사랑에 빠진 청춘.
その酒の濃きあぢはひを歌ふべき身なり君なり春のおもひ子

꽃을 버리고 성서 속 다윗왕의 시를 읊기엔
아직은 너무나도 젊은 내 몸이어라.
花にそむきダビデの歌を誦せむにはあまりに若き我身とぞ思ふ

뒤돌아보니 더욱 더 괴롭구나 어둠 속에서

희미하게 보이는 황매화꽃 핀 담장.

みかへりのそれはた更につらかりき闇におぼめく山吹垣根

흐르는 강물 버드나무 비추는 봄 아름답듯

그에게 사랑받는 사람 바로 나이니.

ゆく水に柳に春ぞなつかしき思はれ人に外ならぬ我れ

이런 저런 밤 쓸쓸한 한숨으로 답답했던 밤

거문고에 헤아린 삼 년이란 길었네.

その夜かの夜よわきためいきせまりし夜琴にかぞふる三とせは長き

들어보세요 신이여 사랑이란 제비꽃 같은

보라색에 저녁의 봄 찬탄하는 소리.

きけな神恋はすみれの紫にゆふべの春の讃嘆さんたんのこゑ

아파 누우신 목덜미에 가냘픈 내 팔 두르고

열로 메말라버린 그대 입술 마시리.

病みませるうなじに纖ほそきかひな捲きて熱にかわける御口みくちを吸はむ

칠월칠석에 함께 누운 잠자리 휘장 너머로

견우성 직녀성의 이별 들여다볼까.

天の川そひねの床のとばりごしに星のわかれをすかし見るかな

노래 써 달라 그대께 보낸 부채 안 돌아오고
어느새 가을바람 불어오고 있구나.
染めてよと君がみもとへおくりやりし扇かへらず風秋ぁきとなりぬ

제가 받은 건 옅은 보라색의 이름 없는 풀
부질없는 인연을 한탄하다 죽겠지요.
たまはりしうす紫の名なし草うすきゆかりを歎きつつ死なむ

우울한 신세 헤어지기 어려워 기댄 가는 기둥
그대가 준 매화꽃 노래로는 모자라.
うき身朝をはなれがたなの細柱ほそばしらたまはる梅の歌ことたらぬ

생각지 않나요 밤의 등불 아래서 지은 긴 노래
서로가 노랫말이 너무나 많았다고.
さおぼさずや宵の火かげの長き歌かたみに詞あまり多かりき

날 위한 노래 읊는 그대 소리에 깨어난 아침
머리 빗으라 건넨 빗에 부끄러웠네.
その歌を誦ずします声にさめし朝なでよの櫛の人はづかしき

헤어질 생각에 내일의 지금쯤을 생각하면서
숙소 문에 기댄 나 매화에 노을지네.
明日を思ひ明日の今おもひ宿の戸に倚る子やよわき梅暮れそめぬ

황금빛 날개 달린 어린 신 입에 진달래 물고

작은 배 저어오는 강 아름다워라.

金色の翅はねあるわらは躑躅くはへ小舟をぶねこぎくるうつくしき川

오늘밤에는 달빛도 슬픈 이를 비추지 않아

비파 껴안은 이의 인생 묻지 마시길.

月こよひいたみの眉はてらさざるに琵琶だく人の年とひますな

사랑을 깨지기 쉽다 알아버렸네 가지 말라며

잡은 임 옷자락에 바람 불었던 그때.

恋をわれもろしと知りぬ別れかねおさへし袂風の吹きし時

별나라의 내 깨끗한 새하얀 옷 이렇게까지

물들어버린 것은 누구 탓인 걸까요.

星の世のむくのしらぎぬかばかりに染めしは誰のとがとおぼすぞ

어린 소녀가 연모해서 온 것은 끝이 낸 자국

수려한 부처 얼굴 오늘에야 알겠네.

わかき子のこがれよりしは鑿のにほひ美妙の御相みさうけふ身にしみぬ

맑고 고귀하나 왠지 쓸쓸한 은빛 하얀 불꽃을
태우고 있는 그대 시집을 나 보았네. (스이메이醉茗[38] 씨의 시집에)
清し高しさはいへさびし白銀のしろきほのほと人の集見し

(醉茗の君の詩集に)

기러기처럼 내가 쓸쓸한 것은 떠나온 남쪽
남은 사랑 그리워 괴로운 아침저녁.
雁よそよわがさびしきは南なりのこりの恋のよしなき朝夕ぁさゅふ

찾아온 가을 무엇과 닮았는가 나의 생명은
좁고도 자그마한 싸리꽃 개미취꽃.
来し秋の何に似たるのわが命せましちひさし萩よ紫苑よ

버들 푸르른 둑방 위에 언젠가 서 보았더니
흐르는 물살 그리 빠르지는 않았지.
柳あをき堤にいつか立つや我れ水はさばかり流とからず

행복하시길 연약한 날개 가진 비둘기 잡아
그 죄를 묻고 있는 고상한 인간들아.
幸さちおはせ羽やはらかき鳩とらへ罪ただしたる高き君たち

---

38 가와이 스이메이(河井醉茗, 1874~1965). 시인. 사카이 출신. 시인 육성에 크게 기여했으
며 아키코·뎃칸과의 교류도 활발했음.

휘둘러대는 은빛 채찍 같은 말 화려하지만

어리석게 우는가 평판에 무심한 양아.

打ちますにしろがねの鞭うつくしき愚かよ泣くか名にうとき羊

누구와 닮은 사랑하련가 물어 봄날 온종일

보드란 살 뜨겁게 달아올라 울었네.

誰に似むのおもひ問はれし春ひねもすやは肌もゆる血のけに泣きぬ

절 안 마당의 등꽃에 봄이 진 밤 미치광이가

열심히 불경 읽는 그 생명 정취 있네.

庫裏くりの藤に春ゆく宵のものぐるひ御経のいのちうつつをかしき

봄의 무지개 밤에 풀어 놓았던 비단 허리띠

찾고 있는 부끄러운 신의 새벽녘 향기.

春の虹ねりのくけ紐たぐります羞はぢろひ神がみの暁あけのかをりよ

방 안의 신께 어깨에 걸치면서 엎드려 비네

연지색 사랑으로 피어날 밤의 홑옷.

室の神に御肩みかたかけつつひれふしぬゑんじなればの宵の一襲

천상의 재주 꽃피울 아름다운 봄날의 밤에

내 노래 엮은 가집歌集 허락되지 않을까.

天あめの才さいここににほひの美しき春をゆふべに集ゆるさずや

사라져 굳어서 돌처럼 되어버린 하얀 도라지

가을 들판에 자란 뜻 굳이 묻지 마오.

消えて凝こりて石と成らむの白桔梗秋の野生のおひの趣味さて問ふな

노래를 짓던 손으로 포도 따는 나의 머리칼로

부드럽게 비추네 무지개 뜬 새벽빛.

歌の手に葡萄をぬすむ子の髪のやはらかいかな虹のあさあけ

살짝 간직한 봄날의 해질무렵 내 작은 꿈을

꾸지 못하게 하는 열세 줄 거문고여.

そと秘めし春のゆふべのちさき夢はぐれさせつる十三絃よ

꿈과 현실

(잡시 40편)

내일

내일아, 내일아,
너는 내 앞에 있으면서
아직 밟지 않은 미래의
불가사의한 길이로다.
아무리 괴로운 날도, 나는
너를 그리며 기운 북돋우고,
아무리 즐거운 날도, 나는
너를 바라며 뛰어오르노라.

내일아, 내일아,
죽음과 굶주림에 쫓기며 걷는 나는
이따금 너에게 실망하지.
네가 이윽고 평범한 오늘로 바뀌어,
회색을 띤 어제가 되어 가는 것을
언제고 언제고 나는 원망하지.
너야말로 사람을 낚는 냄새 좋은 미끼라,
빛을 닮은 연기라고 저주할 때조차 있노라.

하지만, 나는 너를 의지하여,
마쓰리祭 전날 밤의 어린애처럼
"내일아, 내일아" 노래를 하지.
내 앞에는
아직 새로운 무한한 내일이 있나니.
설령, 네가 눈물을, 회한을, 사랑을,
이름을, 환락을, 무엇을 가지고 오더라도,
너야말로 오늘의 나를 이끄는 힘이로다.

1915.1.

초상화

내 존경하는 화가여,
바라건대, 나를 위해,
한 장의 초상화를 그려주옵소.

배경에는 오로지 밤하늘의 별,
무지와 죽음과 의혹의 색인 검정에,
깊은 비통함의 누런색을 섞으옵소.

머리칼 흐트린 알몸의 여인,
그것은 창백한 고깃덩어리로만 보이겠소.
가만히 미동조차 하지 않고 앉아서,
멈추지 않는 눈물을 손으로 받으며 기우나니.
앞에 있는 눈에 보이지 않는 바닥없는 심연을 들여다보는 자세.

눈은 지쳤고,
울기 전에, 너무도 현실을 보았기 때문에.
입은 굳게 다물어졌노라,

아직 한 번도 말하지 않고 노래하지 않은 그것처럼.

내 존경하는 화가여,
만약 이 초상의 여인에게, 아직
내일이라는 날이 있다는 것을 알면,
투알[39] 직물 어딘가에 황금색 눈이 빛나는 한 마리 올빼미를 더
해주옵소.
하지만, 그것은 당신 뜻에 맡기리, 내가 알지 못하는 바리니.

그런데 화가여, 물감에는
내가 좋아하는 파스텔을 사용하옵소,
벗겨지고 퇴색하는 것은
어쩌면 이 초상화 여인의 운명일 것이니.

1914.8.10.

---

39 프랑스어 toile로, 대마, 아마, 무명 등으로 짠 직물.

독후감

아키코는, 짜라투스트라를 하루 낮 하루 밤에 읽기를 마치고,

그 새벽, 풀린 머리칼을 빗어올리며 중얼거렸다,

"언사가 과하구나"라고.

더구나, 아키코의 심장박동은 얇은 옷감에 비쳐 떨리며,

그 온몸의 땀은 출산하던 날의 밤과 같더라.

그리고 열흘이 지났다.

아키코는 창백해져서 위가 약한 사람처럼,

그 열흘 동안, 남편과 말도 많이 나누지 않고, 자기 자식들을 안

지도 않았다.

아키코가 환영 속에 본 것은, 짜라투스트라의

검은 거상巨像이 들어 올린 오른손이더라.

1907.10.

빨간 꿈

꼭두서니라는 풀의 잎을 짜내면
연지臙脂는 언제라도 얻을 수 있다고만
나는 오늘까지 생각하고 있었네.
광물에서든, 벌레에서든
훌륭한 연지를 얻을 수 있는데도.
그런 건 아무래도 상관없으니,
나는 중요하고도 중요한 것을 잊고 있었노라,
꿈에서도,
내가 자주 꾸는 꿈에서도,
이렇게 새빨간 연지를 얻을 수 있다는 것을.

1907.11.

아우구스트 [40]

아우구스트, 아우구스트,

나의 다섯 살박이 아우구스트,

너야말로 '진실'의 전형.

네가 양손을 벌리고

자연스럽게 하는 몸동작 하나인들,

내가, 어떻게,

나의 말로 번역할 수가 있으리.

나는 그저

황홀한 듯 너를 바라보고 있을 뿐이란다,

기꺼이 눈을 크게 뜨고 볼 뿐이란다.

아우구스트, 아우구스트,

어미의 조악한 예술 따위가

아아, 무어란 말이더냐.

나는 너로 인해 알 수 있었노라.

진실의 조각을,

---

40 요사노 아키코의 넷째 아들로 나중에 이쿠(碃)로 개명.

진실의 노래를,

진실의 음악을,

그리고 진실의 사랑을.

너는 매 순간마다

신묘한 불가사의를 보여주고,

영롱한 원을 그리며 뛰어 돌아다니는구나.

1917.3.

산실産室의 동틀녘

유리창 밖의 새벽은

창백한 누에고치의 마음……

지금 한 줄기 어렴풋이

소리 없는 가지산호처럼 붉은 빛을 끌어와,

내 산실의 벽을 기어가는구나.

그렇게 보니, 기쁘도다,

초겨울의 연약한

해의 나비가 나오는 것이겠거니.

여기에 있는 것은,

여덟 번 죽음에서 도망쳐 돌아온 여자— —

창백해진 여자인 나와,

태어나서 닷새째 되는

내 야생동백꽃의 단단한 꽃망울을 이룬 딸 엘레느[41] 와

꽃병의 장미와,

정작 첫사랑처럼 쑥스러운

---

41 요사노 아키코의 다섯째 딸.

옅은 복사빛 해의 나비와……
조용하고 청신한 새벽이로다.
존귀하고 그리운 해여, 나는 지금,
전투에서 부상 입은 사람처럼
지치고 낮게 누워있노라.
하지만, 나의 새로운 감격은
해를 숭상하는 교도들의 믿음과 같나니,
내가 뻗는 두 손을 받으라,
해여, 새벽의 여왕이여.
해여, 그대에게도 밤과 겨울의 고뇌가 있고,
천만 년 예로부터 몇 억 번이나,
죽음의 고통을 참고 다시 젊음을 되찾는
하늘 속 화염의 힘 장하기도 하도다.
나는 여전히 그대를 따르리니,
내가 다시 살아 돌아온 것은 고작 여덟 번 뿐
고작 여덟 번의 절규와, 피와,
죽음의 어둠을 넘어왔을 뿐.

1914.12.13.

태풍

아아 태풍,
초가을의 들판을 넘어
도시를 습격하는 태풍,
너야말로 늠름한 큰 말들의 무리로구나.

황동색의 등,
무쇠 다리, 황금의 발굽,
눈에 멀리 태양을 쓰고,
갈기에 은빛을 흐트렸구나.

불길 같은 콧김에
수정의 비를 뿜어내고,
거칠게 비스듬히,
달린다, 달린다.

아아 누르기 힘든
하늘의 큰 말들의 무리여,
노한 것인가,

희롱거리며 노는 것인가.

거목들은 도망치려고,
땅속의 다리를 들어올리고,
뼈를 꺾고, 팔을 접는다.
하늘에는 나는 새조차 없구나.

사람들은 두려워 문 닫아걸고,
세상을 찢는 말발굽 소리에
지붕은 무너지며,
집은 배보다도 더 흔들리누나.

아아 태풍,
사람들은 너로 인해,
이제야말로 각성하겠지,
울적함과 의기소침함에서.

상쾌하구나, 온몸은
거대한 상아象牙의
나팔이 된 심정이 들어,
태풍과 더불어 높이 운다.

1914.9.22.

겨울이 시작되네

오오 십일 월
겨울이 시작되네.
겨울아, 겨울아,
나는 너를 찬미하노라.
약자와
게으름뱅이에게는
어차피 괴로운 계절.
그러나, 계절 중에
어찌 너를 뺄 수 있으리.
건강한 자와
용감한 자가
시험받는 계절,
아니, 스스로를 시험하는 계절.
오오 겨울아,
너의 회색빛 하늘은
사람을 압도하나니.
하지만, 늘 마음이 흐리지 않은 사람은

그 하늘의 음울함을 이겨내고,

네가 보내는

혹한과, 서리와,

눈과, 북풍 속에,

항상 맑은 태양을 바라며,

봄의 향내를 맡고,

여름의 빛을 느낄 수 있도다.

청춘을 북돋우는 계절,

진정으로 피를 흘리는

활동의 계절,

의지에 채찍질하는 계절,

환상을 발효시키는 계절,

겨울이여, 네 앞에,

하나의 혐인주의자미쟝트로프[42] 도 없고,

하나의 비겁자도 없으니,

사람은 모두 열두 가지 공훈[43] 을 세운

헤라클레스의 자손처럼 보이는구나.

---

42 프랑스 극작가 몰리에리가 쓴 운문 희극 「인간 혐오자Le Misanthrope」.
43 헤라클레스가 죄를 씻기 위해 수행했다는 열두 가지 과업.

봄 향내를 맡고,

나는 여전히 겨울을 상찬하노라.

아 이 얼마나

상냥하고 그리운 다른 일면을

겨울아, 너는 가지고 있는 것이더냐.

그 길고 촉촉한 밤……

장작을 때는 시골 화로……

도시 살롱의 스토브……

오오 가정의 계절, 밤연회의 계절

대화의, 독서의,

음악의, 극의, 춤의,

사랑의, 감상의, 철학의 계절,

젖먹이 아이를 위해

병에 넣은 우유가 썩지 않는 계절,

작은 세브르⁴⁴ 술잔으로

로브데콜테⁴⁵ 야회복 입은

지체 높은 여인도 마시는 리큐어⁴⁶ 의 계절.

---

44 Sèvres. 프랑스의 파리 남서부 지명. 국영 자기공장이 만드는 고급 세브르 자기로 유명.
45 robe décolletée. 프랑스어로 여성이 입는 등과 가슴이 깊이 파인 드레스 예복.
46 liqueur. 프랑스어로 정제 알코올에 설탕과 향료를 섞은 혼성주.

특별히 일본에서는 한염불寒念佛⁴⁷의,

납팔臘八⁴⁸ 좌선의,

야근의, 한중 수련의,

다듬이의, 향의,

찻물의 계절,

보랏빛 두 장의 겹옷에

돋을무늬로 짠 띠가 어울리는 계절,

빨간 감탕나무 열매의,

겨울국화의,

차茶의 꽃의,

겨울모란의 계절,

절마다 종소리 서늘한 계절,

오오 엄숙한 일면의 뒤에,

얄미울 만큼,

세상의 서글픔을 철저히 알고 있는 겨울아,

즐기되 탐닉하지 않는 계절,

감성과 이성이 조화로운 계절.

너는 만물의 무진장,

---

47 소한부터 입춘까지 추운 한 달 동안 밤에 밖으로 나가 큰 소리를 내며 절에 참배하고 염불하는 일.
48 석가모니가 불도를 깨달은 12월 8일에 여는 법회.

아아, 나는 겨울의 불가사의함을 직시했으니.
기쁘구나, 시방,
그 겨울이 시작되네, 시작되네.

수확한 뒤의 논에서
이삭을 줍는 여인,
해뜨기 전에 서리를 밟고
공장으로 서둘러 가는 사내,
형제여, 어쩌든 우리는 일하세,
한층 더 일하세,
겨울 날 땀 흘리는 쾌적함은
우리들 무산자의 큰 복이니.
오오 십일 월,
겨울이 시작되네.

기노시타 모쿠타로木下杢太郎[49]씨의 얼굴

벗의 이마 위로

뻣뻣한 솔처럼 거꾸로 선 검은 머리,

그 끝에 약간 회오리치며,

개중에 검지 만큼

잘못해서 물감이——

블랑 다르쟝[50] 이 묻었는가 하고……

다시 쳐다보니

먼 산자락 주름에

눈이 한 줄기 내리는가 싶더라.

그러하지만

벗은 동안이라,

언제까지고 젊은 양

무슨 말만 하면 뺨을 붉히고,

---

49 기노시타 모쿠타로(木下杢太郎, 1885~1945). 문학가, 미술연구가, 의학자. 이국정조로
유명.

50 Blanc D'argent은 프랑스어로 은백색을 의미하며 안료.

눈은 미소 지으며,
언제까지고 동안,
나이 마흔이 되시건만.

나이 마흔이 되시건만,
젊은 사람,
싱그러운 사람,
초가을의 햇볕을 온몸에 받으며,
인생의 진홍빛 열매
그 자체인 양 보이는 사람.

벗은 어디로 가나,
여전히 더 높은 곳으로, 넓은 곳으로,
가슴을 펴고, 힘껏 발 디디며 가누나.
나는 그 발소리에 귀 기울이며,
그 가는 길을 지켜보노라.
과학자면서 시인,
남보다 몇 배나 되는 벗의 욕심이
진중하게 꽃을 피우네.

같은 세상에 태어나
서로 알고 지낸 스무 해,
벗이 보는 세계의 끝자락에
나도 예전에 손을 대보았지.
그렇다 해도, 지금은 나
지금은 나 점차 쓸쓸해져.
비유한다면 내 마음은
옅은 먹색의 벗꽃,
그저 이따금씩
개양비귀의 꿈을 꿀 뿐.

부럽도다,
벗은 동안,
언제까지고 동안,
오늘 만나니, 엄숙하고
높은 기품마저 더하셨구나.

모심

카나리아 어린 것을 기르기보다는
내 자식을 키우는 것이야말로 재미나지.
어린 새의 솜털은 보잘 것 없고,
불안하구나, 걸음걸이도.
대야 안에서 목욕하는
예쁘게 살이 오른 내가 낳은 아이의
뽀얀 맨살을 볼 때는,
모심 돋우게 되네.
팔다리도, 몸통도, 얼굴 표정도
너를 키우는 부모를 닮은 것이야말로,
저리 사람과 다른 카나리아의
어린 새와는 비할 수 없이 친밀한 느낌.
이렇게 어느 샌가 부모처럼
생각을 하고 말도 하겠지.
시인, 거문고 연주자, 의사, 학자,
왕, 장군이 되지 않더라도,
커다란 배의 화부火夫, 고래잡이,

혹은 활자를 줍더라도,

나는 내 자식을 키우려네,

카나리아 어린 새를 기르기보다는.

1901년 작

내 아이들아

사랑스럽고, 사랑스러운 내 아이들아,
세상에 태어난 것은 앙화殃禍일까,
누가 이를 '아니다' 하리.

그래도 또 너희들이 알았으면 한단다,
이를 위해, 우리―부모든, 자식이든―
모든 인습을 초월하여,
자유와 사랑으로 살 수 있는 것을,
스스로의 힘에 의해,
새로운 세계를 시작할 수 있다는 것을.

사랑스럽고, 사랑스러운 내 아이들아,
세상에 태어난 것은 행복일까,
누가 이를 '아니다' 하리.
사랑스럽고, 사랑스러운 내 아이들아,
지금 너희를 위해,
이 엄마가 알려주련다.

너희들이 알았으면 한단다,
우리 집안에 자랑할 만한 조상이 없음을,
소유하고 있는 한 발작의 땅도 없음을,
먹고 놀며 나날을 보낼 재산도 없음을.
너희들이 또 알았으면 한단다,
우리ㅡ부모든 자식이든ㅡ
가는 곳에는 비통의 숲,
적막의 길,
그것을 피할 수 없음을.

부모로서

사람으로 태어나 자기 자식을
사랑하는 것은 천지신명이
그렇게 만들어준 마음이려니.
짐승이든, 새든, 말 못하는
나무조차, 풀조차, 스스로
새끼와 씨앗을 키워내노라.

아이들을 잘 먹이고자 하는 욕심 없다면
사람은 대부분 게을러지겠지.
아이들이 잘 살기를 생각지 않으면
사람은 자기 몸을 삼가지 않겠지.
아이의 아름다움 순수함에
모든 부모는 정화되는 법.

그럼에도 슬프구나, 지금 세상은
일할 능력을 지니고서도,
제 직업을 떠나는 부모도 많지.

사랑하는 마음이야 넘쳐나지만
아이를 키워내기란 어렵구나.
어떻게 해야 할지, 남에게 물어본다.

정월

정월에, 나는
초하루부터 말일까지
몹시도 게으르게 게으름을 부리지.
물론 노는 것은 힘들지 않아,
하지만, 밖에서 보는 만큼
결코, 결단코, 재미있지도 않지.
나는 저 쥐색 구름이지,
맑은 하늘에
무겁고 답답하게 머물러,
음울한 마음을 보이고 있는 구름이지.
나는 끊임없이 움직이고파,
무언가를 하고파,
그러지 않으면, 이 집의
많은 식구가 모두 굶어야 하니.
나는 안절부절 못하지.
그러면서도 아무것도 손에 잡히지 않아,
남모르게 도는

게으름 피우는 습관의 독주毒酒에
아아, 나는 중독되었지.
오늘이야말로 무언가 하려고 생각만 하고,
나는 매일
우두커니 원고지를 바라보고 있노라.
이제, 내 위로
봄 햇살은 비치지 않는 것인가,
봄 새는 울지 않는 것인가.
내 안의 불은 꺼진 것인가.
그저 가만히 눈물을 삼키는 듯한
쥐색 구름아,
너도 울고 싶겠지, 울고 싶을 거야.
정월은 그저 헛되이 지나가누나.

커다란 검은 손

오오, 찬바람이 분다.
여러분,
이제 동틀 무렵입니다.
서로에게 중요한 것은
"차렷"이라는 한 단어.
아직도 보입니다,
우리 위에
커다란 검은 손.

오직 한 손이면서,
하늘 향해 우뚝 서서 움직이지 않고,
그 손가락은
물끄러미 '죽음'을 가리키고 있습니다.
바위에 눌린 것처럼
우리의 숨쉬기는 괴롭고.

하지만, 여러분,
우리는 잠에서 깨어 있습니다.
지금이야말로 분명한 마음으로
볼 수 있습니다,
태양이 있는 곳을.
또 알 수 있습니다,
화려한 아침이 다가오는 것을.

커다란 검은 손,
그것은 더욱 더 검어.
그 손가락은 아직
물끄러미 '죽음'을 가리키고 있습니다.
우리 위로.

화가여

내 화가여,
내 초상을 그리시려거든,
바라옵건대, 그저 베껴 그리소서,
내 눈동자만을, 오로지 하나.

우주의 중심이
태양의 불길에 있는 것처럼,
나를 단적으로 이야기하는 별은,
눈동자에 있지요.

오오, 애욕의 불길,
도취의 무지개,
직관의 번갯불,
예술 본능의 분수.

내 화가여,
감청색으로 모조리 칠해버린 천에,
오로지 하나, 베껴 그리소서,
내 금색 눈동자를.

전쟁

단단히 잘못된 때가 왔다,
붉은 공포의 때가 왔다,
야만이 넓은 날개를 펴고,
문명인이 일제히
식인종의 가면을 쓴다.

홀로 온 세계를 적으로 삼은,
게르만인의 대담함,
바지런함, 그러나 이러한
악의 힘의 편중이
조절되지 않고 베기겠는가.

지금은 전쟁하는 때이다,
전쟁을 혐오하는 나조차
오늘 이 시간은 사기가 앙양된다.
세계의 영혼과 몸과 뼈가
한꺼번에 신음할 때가 왔다.

큰 진통의 때가 왔다,
출산의 고통의 때가 왔다.
거친 핏물의 세례로,
세계는 더욱 새로운
알 수 없는 생명을 낳을 것이니.

그것이 모든 인류에게
진정한 평화를 가져다주는
정신이 아니고 무엇이리.
어떠한 희생을 치르더라도
지금은 전쟁할 때이다.

노래는 어떻게 짓나

노래는 어떻게 짓나.
가만히 보고,
가만히 사랑하며,
가만히 끌어안고 짓지.
무엇을.
'진실'을.

'진실'은 어디에 있나.
가장 가까이에 있지.
언제나 나와 함께,
이 눈이 보는 아래,
이 마음이 사랑하는 앞,
내 양손 안에.

'진실'은
아름다운 인어,
튀어오르고 또 춤추지,

폴짝폴짝 춤추지.
내 양손 안에서,
내 감격의 눈물에 젖으면서.

의심스런 사람은 와서 보라,
내 양손 안의 인어는
자연의 바다에 나선 채,
하나하나의 비늘이
대리석 순백색 위에
장미꽃의 반사를 지니고 있으니.

새로운 사람들

모두 무언가를 지니고 있네,
모두 무언가를 지니고 있어.
뒤에서 오는 여자들 한 줄,
모두 무언가를 지니고 있네.

한 사람은 오른손 위에
작은 사파이어의 보탑寶塔.
한 사람은 장미와 수련이
그윽하게 향기 나는 꽃다발.

한 사람은 왼쪽 겨드랑이에
가죽표지에 금색 글자의 책.
한 사람은 어깨 위에 지구의.
한 사람은 양손에 커다란 하프.

나에게는 아무것도 없네
나에게는 아무것도 없어.
몸뚱이 하나로 춤추는 수밖에
나에게는 아무것도 없네.

검은 고양이

밀어내도
또 다시 무릎 위로 오르는 검은 고양이.
살아 있는 벨벳天鵝絨이구나,
밉지 않은 검은 고양이의 감촉.

졸린 듯한 검은 고양이의 눈,
그 안에서 쏘아대는 야성의 힘.

어쩐 일인가 싶게, 이따금,
초록황금빛으로 빛나는 내 무릎의 검은 고양이.

곡마용 말

경마용 말의 이기고 말겠다는 예리함이 아니라
곡마용 말은 자아를 버리고
복종하는 재빠른 기지.

곡마용 말이 비쩍 마른 모습은,
경마용 말의 늠름하고 아름다운 우아한 모습과 달라.
늘상 배고프기 때문.

경마용 말도 아주 드물게 채찍을 맞아.
그래도 오히려 채찍질을 일부러 당하여, 그 자극에 춤추지.
곡마용 말의 짓물러 나을 새 없는 채찍 상처와 어찌 같으리.

경마용 말과 곡마용 말,
우연히 시장의 큰길에서 지나치다 만날 때,
경마용 말은 그 동족의 타락을 보고 눈물 짓는다.

곡마용 말은 울 틈도 없어,
인색하고 욕심 많은 검은 피부의 곡마사는
광고를 위해, 악대의 장단에 맞춰 말을 걷게 하노니……

밤의 목소리

손풍금이 울리네……
그렇게, 그렇게,
당나귀가 우는 듯한,
양철이 전율하는 듯한,
이가 시큰거리는 듯한,
듣기 싫은 손풍금 소리를 울리지 말아 주세요.

울리지 말아 주세요,
그렇게 어마어마한 손풍금을,
가까이 벽을 사이에 둔 이웃집에서 인정사정없이.
어머, 기둥 금간 곳에도,
전구 안에도,
천정에도, 탁자 서랍에도,
손풍금 파도가 흘러들어오네.
풀어진 손풍금,
제 할 일 없는 손풍금,
정떨어지는 손풍금,

공연히 시끄러운 손풍금,

코감기 걸린 손풍금,

중풍에 마비된 듯한 손풍금……

여러 손풍금 소리를 울리지 말아 주세요,

나에게는 이 한밤에,

가만히 귀를 기울이고

들어야만 하는 소리가 있어……

듣고 싶고 듣고 싶은 목소리가 있어……

먼 별빛 같은 목소리,

금발 한 가닥 같은 목소리,

수정처럼 매끈한 목소리……

손풍금 소리를 울리지 말아 주세요.

나에게 돌아오려는 저 희미한 목소리가

흩어지네……섞이네……

끊어지네……사라지네……

아아 어찌 할쏘냐……다시 도망쳐 버렸지……

"손풍금 소리를 울리지 마."

과감히 소리쳐 보았지만,

나에게는 이미 목소리가 없네,
있는 것은 진지한 태도뿐……
손풍금이 울리네……시끄럽게 울리네……
기둥도, 전등도,
천정도, 탁자도, 병의 꽃도,
손풍금에 맞추어 춤추고 있네……

그래, 이런 곳에서 기다리지 말고
뛰쳐나가자, 저 어둠의 쪽으로.
……그런데, 내 목소리가 헤매고 있는 곳은
숲인가, 황야인가, 바다 끝인가……
아아, 누구든 가르쳐 주세요,
내 소중하고 귀한 목소리가 있는 곳을.

자문자답

'나'란 무엇인가, 이리 물으니
모든 것이 갑자기 뒤로 물러나며,
주위는 하얗게 고요해지더라.
더 잘 되었지, 답하는 목소리 없으니
나의 내면에 물어봐야지.

'나'란 무엇인가, 이리 물으니,
사랑, 증오, 기쁨, 분노라고 이름을 대며
네 명의 여인이 나타났노라.
다시 지혜와 믿음이라 이름을 대며
두 명의 남자가 나타났노라.

나는 그들을 바라보고,
한동안 있다가 중얼거렸지.
"마음속의 모노노케[51]여,

---

[51] 사람의 마음을 미혹시키는 영적인 것, 요괴나 귀신처럼 인지의 영역을 초월한 어떤 것.

그것은 모두 나에게 비치는
세상과 타인의 모습이니.

알고자 하지 않는 것은, 얽매이지 말고
흉내 내지 말고, 섞이지 말고, 따르지 않는,
순수한 본래의 나인 것을,
사라져라"라고 말하니, 함께 소리를 내며
울고, 분노하고, 매도하더라.

이제야말로 나는 냉정하게
한층 더 잘 나를 볼 수 있게 되었지.
'나'란 무엇인가, 답하지 못하는 것도
실로 서글프도다, 벙어리인 데다가,
춤만 아는 육신이기에.

내가 우는 날

해질녘일까, 동틀녘일까,
내가 우는 것은 일정치 않아.
오팔색의 저 하늘이
문득 소용돌이치는 바다로 보이고,
물결 사이에 허우적대는 하얀 손의
늙은 사포[52], 끝내 죽지 못하는
젊은 마음의 사포를
또렷이 바라보며 더불어 운다.
또한 등에가 우는 한낮,
금박을 입힌 개나리와,
은과 비취의 상감을 한
정향나무 꽃향기 속에서,
뜨거운 숨을 훅하고 내뱉는
젊은 기치사吉三[53] 의 앞머리를
내 손가락은 쓰다듬으며,
산들바람처럼 울고 있다.

---

52 Sappho는 고대 그리스의 여류 서정시인. 미남 청년 파온을 사랑하다 절벽에서 투신.
53 1860년 초연된 가부키(歌舞伎) 「세 명의 기치사 유곽 첫 나들이(三人吉三廓初買)」의
  인물로 도적 출신.

이카호伊香保[54] 마을

하루나 산榛名山[55] 일각에,
단 또 단을 이루며,
로마 시대의
야외극장안피테아트로 처럼,
비스듬히 아로새겨진
관객석 형태의 이카호 마을.

지붕 위에 지붕,
방 위에 방,
모든 공간이 온천 숙소로구나.
그리고 개암나무 어린잎의 빛이
부드러운 초록으로
마을 전체를 적시고 있구나.

---

54 군마 현(群馬県) 중부 시부카와(渋川) 시의 유명한 온천 마을.
55 군마 현 북부의 활화산군을 이르며 칼데라 호수인 하루나 호수와 하루나 후지(榛名富士)가 명소.

마을을 세로로 가로지르는 대로는
잡다한 가게들로 테두리지어 있고,
길고 긴 돌계단을 만들어,
이카호 신사 앞까지,
H자^字를 무수히 쌓아올리며,
더할 나위 없이 건축가와 화가를 기쁘게 하노라.

시장에 사는 메아리

메아리는 목소리의 혼령,
아무리 희미한 목소리도
빠르게 느끼고, 빨리 알지.
늘 시간을 앞서는 그녀는
또한 늘 젊지.

가까운 세상의 메아리라면
시장 속, 대로의
가로수 그늘에 서성이며,
늘 귀를 기울여 듣지.
새로운 생활의
비근한 소리가
어떻게 나고,
어떻게 이동하는지를.

메아리는 드물게
육신을 드러내지 않고,
사람이 얕보고
놀라지 않는 것을 두려워하지.
그저 이따금씩
소리치고 또 웃을 뿐.

M 씨에게

야트막한 언덕 위로,
무언가를 부르고자 하여,
뒤따라, 잇따라
달려 올라가는 사람.

언덕 아래에는
많은 인간들이 잠들어 있지.
이미, 밤은 아니네,
태양은 중천에 가까워졌지.

올라가는 사람, 가는 사람이
언덕 위에 얼굴을 내밀고,
가슴을 펴고, 양팔을 벌려서,
"형제여"라고 부를 때,
와락 뿜는 혈기 그 가슴에서 일지,
그리고 곧바로 그 사람은 뒤로 쓰러지네.
음험한 저격 화살에 적중한 것이니.

다음 사람도, 또 다음 사람도,
모두 언덕 위에서 마찬가지로 쓰러지네.

언덕 아래에는
잠들어 있는 사람들만이 아니야,
잠을 깬 사람들 중에서
언덕으로 오르는 예언자와
그 예언자를 죽이는 반역자가 나타나지.

수많은 인간들이 아무것도 모르고 있지.
이미, 밤은 아니고,
태양은 중천에 가까워져 빛나고 있다.

시에 관한 바람

시는 실감實感의 조각,
행과 행,
절과 절 사이에 음영이 있네.
세부를 끌어안는
음영은 안으로 들어가,
그 깊이에 비례하여,
자연의 살점이,
분명하게
행 표면으로 부상하라.

내 시는 점토공예,
실감의 조각은
재료를 따르지 않네.
쳐내라, 쳐내라,
한 줄도
군더더기를 더하지 말지니.
자연의 살점이
분명하게
행 표면으로 부상하라.

142 요사노 아키코 与謝野晶子

우주와 나

우주에서 태어나
우주 안에 있는 내가,
어쩐 일인지,
그 우주에서 벗어나 있도다.
그래서, 나는 쓸쓸하다,
그대와 있어도 쓸쓸하다.
하지만, 다시, 이따금,
나는 우주로 돌아가,
내가 우주인지,
우주가 나인지, 알 수 없게 되노라.
그 때, 내 심장이 우주의 심장,
그 때, 내 눈이 우주의 눈,
그 때 내가 울면,
만사를 잊고 울면,
틀림없이 비가 내리지.
그래도, 오늘의 나는 쓸쓸하노라,
그 우주에서 떨어져 있다
그대와 있어도 쓸쓸하노라.

백양목 아래

한 그루의
겨울에 비쩍 마른
둥근 잎 버들은
들판 위에
고딕 풍의 탑을 세우고,

그 아래에
들판을 건너서
하얗게 빛나는 것은
머잖은
도읍 거리의 지붕과 벽들.

여기까지는
뒤돌아보더라도
도읍은 보였지.
뒷머리
당기는 듯한 느낌 없지는 않았지만.

그러다 한 걸음,

무정하게도

둥근 잎 버들을

떠나가면,

아무도 돌아오지 않는 나그네.

내 머리칼

내 머리칼은
다시 풀리네.
아침저녁으로
소홀히 않고 빗질을 하건만.

아아, 누군들
머리칼 아름답게
한 가닥도
흐트러지지 않기를 잊을쏘냐.

풀어지는 것은
머리칼의 천성이니,
이윽고 다시
억누를 도리 없는 느낌이로다.

사카모토 구렌도 坂本紅蓮洞⁵⁶ 씨

내가 아는 한 분 신神의 명칭을 붙여 찬미하노라.
서글프도다 모자라지 않은 것 하나 없는 '청빈'의 영혼,
구렌도 신이시여.

구렌도 신께서도 걸치신 옷이 있었으니.
꾸깃꾸깃한 주름의 물결, 술이 물든 구름 같은 얼룩,
담뱃불에 탄 흰 싸락눈 모양 자국.

원래부터 여위고 여위셨으니
옷에 비쳐서 건어물처럼 뼈가 드러났구나.
키가 크신 것이 겨울 노목이 몸을 드러낸 것만 같아.

구렌도 신의 구렛나루는 음악이니,
끊임없이 불가사의한 무언가를 연주하네.
거무칙칙하고 푸르스름한 근육을 가진 뱀의 곡조………

---

56 사카모토 구렌도(坂本紅蓮洞, 1866~1925). 문예비평가 겸 신문기자. 기행과 방랑생활로
유명.

내가 아는 예술가들이 모이고,

여자와 술이 있는 곳,

구렌도 신께서 반드시 폭풍처럼 오시어 큰 소리로 떠드시지.

어디에서 오시는 것인지, 알 수도 없으며,

한 곳에 머물지 않는 신이시니,

흰독말풀[57] 의 꿈처럼 지나치시는 신이시니.

구렌도 신의 거치신 말투여.

사람들 모두 종자라도 되는 양 아무렇게나 부르면서,

다시 이 신과 웃으며 홍겨워하기를 기뻐했노라.

---

57 흰독말풀은 독풀로 먹으면 정신착란 증세를 일으킴.

초조

어, 어, 어,
뒤따라 잇따라 덮쳐와서,
꾸욱꾸욱 목 언저리를 조르는
범속한 삶의 압박………
마음은 숨을 이어쉴 새도 없고,
어찌해야 좋을까 하며
그저 우왕좌왕 허둥지둥………

이제 이것이 습관이 되어버린 마음은,
의젓하고, 순진한,
때로는 우둔하게도 보인
그 호감이 가는 모습을 완전히 상실하고,
얼음처럼 깔끔한
폭이 좁은 칼끝을 따끔따끔하게
평소 날카롭게 하는 냉정함.

그리고 마음은 보고도 못 본 체……
범속한 삶의 압박에

힘껏 부딪쳐서,
힘껏 튕겨 날아갔다가,
꾹 압살당한
이것, 이 무참한 개구리를— —
내 창백한 육신을.

하지만 개구리는 죽지 않아,
퍼르르 계속 몸을 떨며,
다음 찰나에
조금 더 앞으로 한 걸음, 한 걸음,
찢어져 밖으로 나온 내장을
두 손으로 끌어안고 폴짝, 폴짝.
그리고 이 인간 개구리에게서는 피가 떨어지네.

그러나 여전히 마음은 보고도 못 본 체⋯⋯
울려도 눈물이 마르고,
외치려도 목소리가 나지 않아.
메마른 마음의 입술을 가만히 앙다물고,
잠자코 그저 어정버정 발버둥치는 것은
인형이지, 인형이야,
고통의 용수철 위에 올라탄 인형이지.

인생

눈가리개를 한 여자로 내가 살았건만,
그 눈가리개는 도리어 나에게
신기한 빛을 인도하여,
사물을 잘 비춰 보이게 하는 것을,
내가 가는 방향에 담홍색, 회색,
여러 가지 돌기둥이 있기에 기대었더니,
꽃다발과, 몰약沒藥과, 황금 가지의 과일과,
내가 모습을 비춰보는 청옥 같은 샘물과,
또한 나에게 입 맞추고 날갯짓하는 백조와,
그 모든 것들이 내 곁을 떠났거늘.

아아, 내 눈가리개는 떨어졌네.
천지는 홀연히 모습을 바꾸어,
어슴프레한 속에 나는 서 있노라.
이는 이미 해가 져버린 것인가,
밤은 아직 밝지 않은 것인가,
아니면, 영원히 빛도 없고, 소리도 없고,
바람도 없고, 기대도 없이,
그저 커다란 음영이 감도는 나라인가.

아니리, 생각해 보니,
이는 내 눈이 갑자기 먼 것이로다.
오래된 세계는 오래된 대로,
해는 새빨간 하늘을 건너고,
꽃은 녹색 가지에 어지러이 피고,
사람은 모두 봄의 한창인 속에,
새처럼 서로 지저귀고,
좋은 술은 술잔에서 뚝뚝 떨어져도,
나 혼자 그것을 보지 못하는 것이 아니런가.

아니리, 다시 생각해 보니, 행복은
이 살색 눈가리개에 있는 것이었거늘,
자, 이제 다시 그것을 묶으리.
나는 전율하는 몸을 웅크리고
어둠의 바닥에 차가운 손을 뻗는다.

아아, 슬퍼라, 내 짐작으로 더듬는 손길에,
살색 눈가리개는 닿을 리도 없구나.
이리 가고, 저리 가며, 헤매는 이곳은 어디던가,
잔뜩 흐린 내 눈에도 무엇인지 알 수 있는 것은,
긴 밤의 흙을 한 층 더 검게 누르는
조용하게 쓸쓸한 노송나무 숲의 그늘인 듯하니.

어느 젊은 여성에게

의지할 남자가 있으면서도
곁에 있을 수 없었다는 그대를 보고,
함께 울기는 쉬운 일이지만,
울며 곁에 있을 도리도 없구나.

무엇을 위로하며 말하려 한들
보람 없는 내일이 예상되어,
그것을 아는 나는 본의 아니게
그저 잠자코 있을 수밖에 없어 괴롭구나.

짝사랑이라 해도 사랑은 사랑,
홀로 빛나는 보석을
그대가 안고 고민하는 것도
남들의 부러움을 살 행복이지만,

바다를 잘 아는 선장은
일찌감치 폭풍을 피한다 하며,

현명한 사람은 눈물로써
자신을 정화하는 법을 안다고 하니.

그대는 무엇을 택하려는가,
이렇게 묻는 것도 나는 안 하고,
그저 잠자코 있을 수밖에 없어 괴롭구나.
그대는 무엇을 택하려는가.

너 죽는 일 부디 없기를

아아, 동생[58]아, 너를 위해 우노라,
너 죽는 일 부디 없기를.
막내로 태어난 너이기에
부모님 애정은 각별했거늘,
부모가 칼붙이 쥐어주면서
사람을 죽이라 가르쳤더냐,
사람을 죽이고 죽으라고
스물넷이 되도록 키워줬더냐.

사카이堺 거리 장사꾼
오래된 가게임을 자랑스러워하는 주인으로,
부모님 이름을 이을 너이니,
너 죽는 일 부디 없기를.
뤼순旅順의 성이 무너진다 한들,
무너지지 않는다 한들, 무슨 상관이더냐,

---

58 아키코의 막내 동생 호 주사부로(鳳籌三郎)로 러일전쟁으로 뤼순(旅順)의 공위군(攻圍軍)으로 참전했다가 무사 귀환 후 1944년 63세로 사망.

너는 모르느냐, 장사꾼
가문의 관습과는 무연한 일임을.

너 죽는 일 부디 없기를.
천황께서, 전쟁에
그 스스로는 나가시지 않고
서로서로 피를 흘리며
짐승의 길 위에서 죽으라 하다니,
죽는 것을 사람의 명예라 하다니,
그 혜량이 깊다면,
처음부터 대체 무얼 어찌 생각하신 것이더냐.

아아, 동생아, 전쟁에서
너 죽는 일 부디 없기를.
지난 가을에 아버지를
먼저 보내신 어머니는,
탄식 속에서, 가슴 아프게,
자식을 부르시며, 집을 지키시고,
평안하다는 시대라지만
어머니 흰머리는 늘어만 가누나.

가게 구석에 엎드려 우는
아리땁고 젊은 새색시를
너 잊었느냐, 그리느냐.
열 달도 같이 있지 못하고 헤어진
소녀 같은 마음을 생각해 보려마.
이 세상에 오직 너 말고
아아 또 누구를 의지하겠느냐.
너 죽는 일 부디 없기를.

메이란팡梅蘭芳⁵⁹ 에게

기쁘도다, 기쁘도다, 메이란팡

오늘밤, 세계는

(정말, 어쩜, 화려한 당화唐画의 세계,)

새빨갛고 새빨간

패랭이꽃 색을 하고 향기 냅니다.

아아, 그대 때문에, 메이란팡,

그대의 아름다운 양귀비 때문에, 메이란팡,

사랑에 노심초사한 여심이

이 불가사의하고 향기로운 술이 되어,

세계를 적시며 흘러갑니다.

메이란팡,

그대도 취해 있네,

그대의 양귀비도 취해 있네,

세계도 취해 있네,

나도 취해 있네,

---

59 메이란팡(梅蘭芳, 1894~1961). 중국의 경극 배우. 뛰어난 용모와 연기로 유명하며 중국 혁명에 참여.

까닭 없이 높은 소프라노의

중국 호궁胡弓도 취해 있네.

기쁘도다, 기쁘도다, 메이란팡.

교노스케京之介의 그림
(소년 잡지를 위하여)

이것은 이상한 집 그림이군,

집이 아니라 탑 그림이군.

올려다보면, 튼튼하게

오층으로 겹친 철제.

입구에서는 기관차가

연기를 토하며 목을 내밀고,

이층 위의 노대露臺에는

큰 기중기가 놓여 있네.

또, 삼층 정면은

커다란 창이 해바라기

꽃으로 가득 장식되어,

거기에 누군가 한 사람이 있네.

사층 창 옆으로부터는
긴 사다리가 지면에 닿아 있고,
오층은 또 최고로 큰
망원경이 하늘을 향해 있네.

탑의 첨탑 끝에는 황금색 깃발,
'평화'라는 글자가 나부끼고 있네.
그리고, 이 그림을 그린 것은
작고, 상냥한 교노스케.

비둘기와 교노스케
(소년 잡지를 위하여)

가을 거센 바람이 불어대어서,

어느 거리의 나무나 옆으로 쓰러져.

지붕의 기와도, 박공판博栱板[60] 도,

벗겨져 종이처럼 날아가누나.

오오, 이 거친 바람에, 어느 지붕에서,

무엇을 맞아 상처를 입었을까,

귀여운 한 마리 하얀 비둘기가

앞길에 떨어졌네.

그것을 보자마자 여덟 살이 되는,

작고, 상냥한, 교노스케,

폭풍 속으로 달려가,

가만히 두 손으로 안아올렸구나.

---

60 일본식 건축물에서 박공지붕 옆면 지붕 끝머리에 붙이는 두꺼운 널빤지.

상처 입은 비둘기는 등이 조금
옅은 복사빛으로 물들어 있다.
그것을 보던 교노스케,
벌써 가득 눈에 눈물이 고였네.

비둘기를 달라고, 저마다
장난꾸러기들이 불러대도,
어른처럼 침착하게,
고개를 가로젓는 교노스케.

A자字 노래
(소년 잡지를 위하여)

Ai(사랑愛)[61] 의 머릿글자, 가타카나片仮名와

알파벳의 첫글자,

내가 좋아하는 A자를

여러 가지로 보고 노래합시다.

꾸밈없는 A자는

허술한 움막집 입구 모양,

안에 보이는 것은 판자 깔개일까,

돗자리일까, 바닥 난로일까, 밥상일까.

작고 연약한 A자는

멀리 곳에 등대를

호리호리하게 하나 세우고,

그것을 둘러싼 것은 하얀 파도.

---

61 일본어로 사랑 '愛'의 음독은 '아이'이므로 발음 표기가 Ai로 됨.

언제나 상냥한 A자는
상아로 된 거문고 기둥, 그 옆에
눈에는 안 보이지만, 좋은 곡절을
환영의 손길이 연주하고 있구나.

언제나 밝은 A자는
흰 수정으로 된 프리즘에
일곱 가지 깃털 색 아름다운
빛의 새를 가만히 끌어안는구나.

기운 가득한 A자는
넓은 사막의 모래를 밟고
성큼, 성큼 큰 발걸음으로,
저쪽을 향해 서둘러가는 사람.

새초롬한 A자는
올림푸스산 정상에
창을 대신한 은백색
거위깃 펜의 뾰족한 끝을 세웠네.

때로는 쓸쓸한 A자는
반신만을 창밖으로 내밀어,
팔꿈치를 대고 하늘을 보는
삼각두건을 쓴 비구니 모습.

더구나 위세 있는 A자는
이집트 들판의 아침저녁으로
구름 사이의 해를 받으며
멀리 빛나는 금자탑 피라미드.

그리고 이따금 A자는
광대의 피에로의
빨갛고 뾰족한 모자가 되어,
내 앞에서 춤을 추어대는구나.

개미의 노래
(소년 잡지를 위하여)

개미야, 개미야,

까맣고 많은 개미야,

너희들의 행렬을 보면,

8, 8, 8, 8,

8, 8, 8, 8……

몇 만 마리나 늘어선

8자의 살아 있는 사슬이 움직이는 듯하다.

개미야, 개미야,

그렇게 줄지어서 어디로 가니.

행군이니,

운동회니,

이천 미터 경주니,

아니면 먼 브라질로

이주해 가는 무리니?

개미야, 개미야,

연약한 몸으로

정말이니 활발하기도 하구나.

온몸을 햇볕에 드러낸 채,

지치지도 않고,

게으름부리지도 않으며,

재빨리, 후다닥 나아가는구나.

개미야, 개미야,

너희들은 모두

귀엽고, 기운 팔팔한 8자 소년부대.

행진하는 게 좋겠다,

행진하는 게 좋겠어,

8, 8, 8, 8,

8, 8, 8, 8·········

서구 왕래

(유럽여행 전 및 여행 중의 시 29편)

이별

퇴선을 알리는 징 소리 지금 울려퍼지고,
배웅하는 사람들 그대를 둘러싸네.
그대는 바쁜 듯 사람들과 악수를 하지.
나는 울음이 터질 듯한 마음 속 공을 가까스로 누르고,
사람들 속을 빠져나와 종종걸음으로,
뒤쪽 갑판에 숨어 있노라니,
파도에서 반사되는 하얀 빛 마치 무덤 같더라.

그 이삼 분………사오 분의 쓸쓸함,
나 홀로 따돌려진 사람 같다네,
그대와 사람들만이 떠들썩하게 웃으니.
어쩌면 멀리 가는 나그네 신세는 그대가 아니라,
이렇게 외롭고, 쓸쓸한 나이리니.

퇴선을 알리는 징 소리 다시 울리네.
혹독하게, 하지만 또한 통쾌하게,
나 홀로 남겨지는 차가워진 마음을 괴롭히는 그 징 소리……

붐비는 사람들에게 쫓기고, 밀리고, 위로받으며,

나는 힘없는 공처럼, 휘청휘청 배에서 내린다.

옮겨 탄 작은 증기선에서 올려다보니,

새삼스래 아쓰타마루熱田丸 배에 오르는 사다리는 어찌나 높은

지.

아아 그대와 나는 이미 천리 만리의 거리………

내가 탄 작은 증기선은 참기 힘들다는 듯 마침내 훌쩍이며 우는

데………

첫 소리, 둘째 소리………

백 번 천 번의 비명을 후 하는 한숨으로 바꾸고,

'아아 그립구나'라며 마음 졸이는 내 영혼의,

임종이라도 맞는 듯 새어나오는 뜨거운 백금색 눈물이 몇 방

울………

그대의 배는 말없는 채로 항구를 떠나네.

배와 배, 사람들은 서로 소리쳐 대지만,

저편에 서 있는 그대와 이쪽에 앉아 있는 나는,

고요히, 고요하게, 두 석상처럼 이별해가네……

(1911년 11월 11일 고베神戸에서)

이별 후

내 낭군님 바다에 떠서 간 이후,

내가 꾸는 밤마다의 꿈, 또한, 모두 바다에 뜨노라.

어느 밤은 검은 바다 위,

한손에 어지러운 옷자락을 누르며, 맨발인 채로,

그대가 탄 큰 배의 뱃머리에 서서,

하얀 초의 은색 빛을 높이 들어올리면,

뚝뚝 떨어지는 촛농 방울 눈물과 더불어 지며,

노란 수련 꽃이 되고, 다시 허연 비늘의 물고기가 된다.

이러한 꿈을 꾸면 깨어난 뒤에도 시원하더라.

하지만, 다시 슬픔은 어느 밤의 꿈이 되노니.

그대가 탄 큰 배의 창문 불빛 차차 꺼지고,

오로지 하나 남은 마지막 흐린 빛에,

내가 밖에서 유리창 너머로 들여다보면,

나 같지 않은 얼굴의 여윈 내 모습이 이미 그 안에 있어,

서글프구나 그대의 관 앞에서 하염없이 엎드려 울고 있구나.

"나를 안으로 들여보내 주소서"라고 외쳐도,

밖은 파도바람 소리 어마어마해,

안은 좌우전후로 납처럼 고요하고 무거우며 차갑다.

우는 내 모습은

얼음인 양, 안개인 양, 비쳐보이는 그림자 신세이므로,

내 목소리를 듣지 못하는 것이 아닌가.

나는 가슴도 찢어질 듯 초조해져,

문 쪽에서 달려들어 가려고,

세 번 다섯 번 갑판 위를 돌지만,

전부 단단히 잠겨 들어갈 입구도 없구나.

처음의 유리창에 기대어 발을 동동 구를 때,

제삼의 내 그림자, 뱃머리 쪽 소용돌이치는 파도에 섞여,

창백하고 긴 팔을 번갈아 올려 헤엄치면서,

"하, 하, 하, 하, 그것은 다 유별난 내 낭군이 나를 시험하는 장난

이지"라며 웃었다.

꿈에서 깬 뒤, 나는 그 제삼의 나를 미워하여,

하루 종일 화가 났었지.

독수공방

남편이 유학을 가 독수공방함에,
나는 무엇을 입고 잘까.
일본 여자는 모두 입는
수수한 잠옷은 처량하고,
비인非人[62]의 모습 '죽음'의 밑그림,
내 아이 앞에서도 가당치 않지.

나는 역시 쪼글쪼글한 비단에
동틀녘의 색인 검붉은 물을 들여,
무늬 있는 긴 속옷을 선택하련다.
무거운 안개가 함초롬하게
꽃에 내려앉은 듯한 살결의 감촉,
여자로 태어난 행복도
이것을 입을 때마다 느껴지지.

---

62 야차나 악귀와 같이 인간이 아닌 존재, 속세를 떠난 승려, 사형장 잡역 종사자 등.

비스듬히 옷자락 끄는 긴 속옷,
무심코 풀어지려는 옷깃 언저리를
가볍게 모아두는 그 때는,
아무런 정처 없이 마음만 끌려
젊음에 설레는 영혼을
가만히 억누르는 마음가짐.

게다가, 내가 좋아하는 것은,
하얀 촛불에 비친
꿈꾸는 듯한 심정의 긴 속옷,
이 향기로운 불빛 때문에,
그대 없는 규방도 몸 뒤척이면
숨이 막힐 만큼 요염하구나.

아이들 자는 모습, 지금 한 번,
둘러보면서 불을 끄고,
추운 이월의 잠자리 위,
살이 빠진 정강이를 옷자락에 감고,
다소곳하게 다리를 접어,
이불을 덮어쓰나니, 우습게도

그대를 처음 만난 그 무렵의
아가씨 마음으로 되돌아가네.

여행하는 남편도, 지금쯤에는
파리의 숙소에서 꿈결에,
극락조極楽鳥의 모습을 한
나를 꿈속에서 보고 있으려나.

도쿄에서

나는 너무 우울하노라.
어떤 나를 걱정하리,
그대를 사랑한다 지나치게 여기다,
지나치게 두드러지다 우울하노라.

'첫사랑의 날은 돌아오지 않고'라며,
내 사랑의 거문고 줄에
맞춰 뜯던 노래는 별 볼일 없네.
예전보다 더한 타오르는 숨결.

예전보다 더한 고인 눈물.
남의 눈을 삼가는 괴로움에,
울림소리 가라앉힌 거문고의 현,
가만히 애절하게 당겨보노라.

파리 대로를 걷고 있을 그대는
내 밖에 있다고 해도,
나는 그대 밖에 없으니,

그대 밖에는 세상조차 없으니.

그대여, 나의 안타까움,
삼월을 기다리는 새에 몸이 야위고,
사월이 오늘은 미쳐 죽을 듯
그렇게 될 것처럼 우울하노라.

남다른 사랑을 하니,
남다른 고뇌가 따라.
그것도 내 행복이라고
생각을 고쳐먹어도 우울하노라.

어제의 사랑은 아침의 사랑,
또한 느긋한 낮의 사랑.
오늘 하는 사랑은 미칠 듯하니
시뻘건 석양이 한창인 때.

그렇게 생각해도 우울하노라.
만약 이대로 여행지에서
그대 돌아오지 않으면 어찌하리.
나는 역시 우울하노라.

계획

기나긴 부재에 기대어보는
그대의 손에 익은 대나무 의자.
손에 든 바늘보다도, 실보다도,
여심의 연약함.

무릎에서 나울대는 한 조각의
남보라색 천에 놓는 자수는,
빈틈없이 사랑에 타오르는 피 같이
시뻘건 양귀비꽃.

꽃에 더하는 바다의 색,
진초록빛 양귀비 잎은,
그대가 넘어서간 파도 모양에
흘러서 떨어지는 나의 눈물.

그렇다 해도, 여자의 즐거움은,
내가 수놓는 양귀비의 '꿈'에조차
꽃을 흔드는 바람과 닮아서,
그대 숨결이 다니는 것이리.

여행에 나서다

자, 하늘의 해는 나를 위해
금색 수레를 달리게 하라.
거친 바람을 일으키는 날개는 동쪽에서
자, 상쾌하게 나를 따르라.

황천黃泉의 바다까지, 울면서,
의지하는 남자를 찾아간
그 옛날 신화[63]에 뒤지기야 하랴.
여자가 품은 사랑의 애절함이여.

아키코야 미친 게로구나,
타오르는 내 불길을 안으며,
하늘을 날아간다, 서쪽으로 간다,
파리의 그대를 만나러 간다.

(1912년 5월 작)

---

[63] 일본 신화에서 최초의 여신으로 여겨진 이자나미노미코토가 최초의 남신 이자나기노
미코토를 한 번 더 만나고 싶다고 하여 뒤를 따라 죽은 자들의 세계인 황천으로 따라간
이야기.

아이들에게

가엾지 않은가, 그 어린 새를
거친 바위 위의 둥지에 남겨두고,
사랑하는 남편 매를 찾아가고자,
거친 바람 부는 하늘에 내려와,
어린 새 우는 소리에 주저하는
젊은 암매가 만약 있다면. — —
그것은 여윈 채로 멀리 가려
오늘 집을 나서는 나의 심정.
사랑스러운 아이들아, 용서하렴,
조금만 기다리렴, 젊은 날을
아직도 꿈꾸는 이 엄마는
너희 아버지를 찾아가는 거란다.

파리에서 온 엽서 위에

파리에 도착한 삼일 째에
커다랗고 새빨간 작약꽃을
모자 장식에 달았습니다.
이런 짓을 하다 내 신세의 끝이
어찌 되려나 하면서.

에트왈 광장

땅에서 갑자기

부화하여 나온 나방처럼,

나는 갑자기,

지하전차 메트로에서 지상으로 기어오른다.

거대한 개선문이 한가운데에 서 있다.

그것을 둘러싸고

마로니에 가로수가 밝은 초록빛 돋우며,

그리고 인간과, 자동차와, 승합마차와,

승합자동차와의 점들과 덩어리가

생명 있는 것의

정연한 혼란과

자주독립의 진행을,

끊임없이

팔방으로 뻗은 거리에서 계속 내보내고,

여기를 종횡으로 누비며,

끊임없이

팔방으로 뻗은 거리에서 끌어당기고 있다.

오오, 여기는 위대한 에트왈 광장······
나는 나도 모르게 물끄러미 서 있다.

나는 생각했다,ーー
이것으로 나는 여기에 두 번 온 셈.
이전에 왔을 때는
여러 차에 치여 죽을 듯하여,
무서워서,
광장을 횡단할 용기가 없었다.
그리고 바퀴살 모양이 된 길을 하나 하나 넘어,
몽소 공원으로 가는 길의
애비뉴 우스의 입구를 발견하기 위해,
광장의 둥근 가장자리를
오랫동안 빙글빙글 걷고 있었다.
어찌된 기분 탓인지,
애비뉴 우스의 입구를 발견하지 못했기에,
개선문을 중심으로
두 번이고 세 번이고 광장의 둥근 가장자리를
바보처럼 걸어 돌아다니고 있는 것이었다.

하지만 오늘은 대비가 되었다.
나는 지도를 연구해서 와 있다.
오늘 내가 가는 것은
발자크 거리의 재봉사 집이다.
발자크 거리로 가려면,
이 광장 앞으로
똑바로 횡단하면 된다.

나는 이렇게 생각했지만, 그러나,
똑바로 광장을 횡단하려면
종횡으로 끊임없이 어지럽게 달리는
속도 빠른, 여러 차들이 무서워 견딜 수 없다.
광장으로 나서자마자
두세 발짝만에
치여 쓰러져 상처를 입거나,
치여 죽어버리거나 할 것이다……

이 때, 나에게, 갑자기,
뭐라 말할 방법이 없는
예지와 위력이 안에서 끓어올라,
내 전신을 살아 있는 강철 인간으로 만들었다.

그리고 파라솔 양산과 배낭을 손에 든 나는

결연하게, 마차, 자동차,

승합마차, 승합자동차의 소용돌이 속을 똑바로 가로질러,

당황하지 않고, 뛰지도 않고,

망설이지도 않으며 나아갔다.

그것은 프랑스의 남녀들이 걷는 것처럼 걸은 것이었다.

그리고, 나는,

내가 이렇게 유유히 걸으면,

속도가 빠른 여러 무서운 차들이

도리어, 내 좌우에

나를 보호하려 정지할 것임을 알았다.

나는 새로운 희열에 가슴을 두근거리며,

비스듬히 발자크 거리로 들어갔다.

그리고 재봉사의 집에서는

오후 두 시의 약속대로,

내 공단으로 된 여성복의 가봉을 마치고

젊은 주인 부부가 나를 기다리고 있었다.

황혼녘

루브르궁의 정면도,
정원에 있는 복사빛의
개선문도 부드럽게
자주빛 들며 저물어가네.
화단의 꽃도 어렴풋하게
적색과 백색이 흐려지면서,
나란히 지나는 연인들도
한 쌍 한 쌍 저물어가네.
그대와 나도 돌계단에
걸터앉으며 저물어간다

베르사이유 산책

베르사이유 궁전의
대리석 계단을 내려가,
뒤뜰 정원에 유월의
꽃과, 향기와, 빛 사이를 지나
우리들 세 명의 일본인은
광대한 숲속으로 들어섰다.

이백 년을 거친 너도밤나무 큰 나무는
밝은 녹색의 텐트를 하늘에 치고,
그 아래에 보라색 이끼가 자라며,
아주 오래된 돌 탁자가 하나
기어가는 담쟁이의 황록색 어린잎과
연붉은 덩굴에 묻혀 있었네.

두 남자는 돌 탁자에 팔꿈치 괴어
이끼 위에 가로 눕고,
나는 윗옷을 벗어

너도밤나무 뿌리 께에 웅크리고 앉았지.
상쾌한 고요함이여, 저편 우듬지에 작은 새의 높은 울음소
리……
근처 시원한 바람 속에 사향풀立麝香草의 향기……

내 마음은 궁전 안에서 본
루이 왕과 나폴레옹 황제의
화려와 호사에 취해 있노라.
왕후들 침실의 산뜻한 백색과 금색……
몰리에르[64] 가 연기하던
궁정극장의 조용한 진홍색 모직물……

하지만, 즐거운 내 꿈은 깨었네.
눈 어지럽던 과거의 세기는
이 왕후의 영화로움과 함께 사라졌네.
내 눈에 비치는 것은 지금
유약한 인간의 외부에 서 있는
너도밤나무 큰 나무와 돌 탁자뿐.

---

64 몰리에르 (Moliere, Jean Baptiste Poquelin, 1622~1673). 프랑스의 극작가 겸 배우.

아아, 나는 쓸쓸해,
내가 계속 쫓던 것은
사람의 짧은 생애였나니.
정작, 숲이여,
나는 천년의 숲의 마음을 얻고,
유유히 인간 거리로 돌아갈 수 있으면 좋으련만.

프랑스 해안에서

자, 여보, 바닷가로 나가요,
밤새도록 눈물에 젖은
고상하고, 깨끗한 눈을
세계가 지금 떴습니다.
오오, 여름의 새벽,
이 새벽의 대지가 얼마나 아름다운지,
천사가 꾸는 꿈보다도,
성모의 살결보다도.

해협에는, 흐릿하게
하얗게 비쳐 보이는 비단 같은 안개가 내려 있습니다.
그리고 거기, 가까운,
검은 암초가
드문드문 튀어나온 바위 위에
백로가 대여섯 마리는,
고개를 날개 밑에 넣고,
다리를 얕은 물에 담그고,

가만히 여태 잠들어 있습니다.
그네들을 놀라지 않도록,
물가의 모래 위를, 살며시,
맨발로 걸어가요.

자, 신성할 만큼,
서늘한 바람이 부는데……
세상의 처음에 에덴 동산에서
젊은 이브의 머리칼에 불던 것도 이 바람이었겠지요.
여기에도 늘 젊고
청신한 사랑의 세계가 있는데,
왜 우리는 자유롭게
벌거벗은 채로 바람에 불려가지 못하는 것일까요.
하지만, 또, 바람에 불리어,
돛처럼 소맷자락이 올라가는 상쾌함에서
일본의 옷이 가진 행복을 떠올립니다.

보세요,
우리들의 걸음에 맞추어,
벌써 바다가 춤추기 시작했어요.
에메랄드의 여성복에

수정과 황금의 가봉 실자국……
떠오르며, 가라앉으며,
가라앉으며, 떠오르며……
그리고 그 넓어진 긴 옷자락이
우리들의 맨발과 서로 얽히고,
그리고 다시, 두르릉 두르릉 하며
사이를 두고 바다의 요발鐃鈸이 울려요.

어머, 백로가 모두 날아가네요,
갑자기 붉은 해오라기처럼 빨갛게 물들어서……
해가 뜨는 거군요,
안개 속에서.

퐁텐블로 숲

가을의 노래는 바스락 하고 울리네
백양나무와 너도밤나무 숲 안에서.
이 노래를 들으며, 우리는
조용히 이야기해요, 조용히.

빛바랜 붉은색인가,
벗겨진 황금인가,
바람도 없이 나뭇잎은 졌네,
떨쳐내지 마세요, 혹시 옷에 머물러 있어도.

그것도 또한 나뭇잎처럼,
가뿐한 한 마리의 흰 나비
춤추며 내려앉으면, 뾰족한
자주색 풀이 살짝 흔들리네.

잠들어라, 잠들어라, 지친
봄여름의 무희여, 나비여.

가느다란 길을 가면서, 여전히 우리는
조용히 이야기해요, 조용히.

오오, 여기에, 바위에 감추어져
또르르 또르르 울리는 샘물이 있어,
물이 노래하는 것은 우리를 위해서이리니,
그대여, 지금은 말씀하지 마세요.

파리 교외

해질녘의 길,
숲 안쪽으로 한 줄기,
저주받은 길, 희뿌연 길,
연무 속으로 그림자가 되어 멀어지는,
그것은 죽음으로 가는 길.

가라앉아 조용한 길.
저 한 그루 무슨 나무던가,
마른 벌거숭이 팔을 들고,
어두침침한 슬픔 속에,
마음 지쳐버린 길을 전송한다.

해질녘의 갈림길에 자작나무와
개암나무 숲은 광기가 든 듯하다,
어머, 메아리가 되돌아오는 희미한 숨결……
희미하고 차가운, 가락이 맞지 않는 높은 웃음소리……
또 희미한 홀쩍이는 울음소리……

오팔색의 염주알 같은 열매의

목걸이를 풀 위에 놓고,

흐린 먹색의 소리 없는 오랜 연못을 돌아,

연무 속으로 그림자가 되어 멀어지는,

서글프도다, 해질녘의 숲 길……

(1912년 파리에서)

투르 시에서

물에 목마른 백록색
넓은 보리밭을, 휙 비스듬히
날아가는 제비의 황망함,
무슨 심부름에 서두르는 것일까,
기뻐 겨워하는 능숙한 몸짓.

이어서, 후욱 하고, 또 후욱,
뜨뜻미지근한 남풍
로아르를 넘어 불 때마다,
백양목들이 바스락 바스락
기다리고 있다는 듯 몸을 흔든다.

강바닥에 있던 집오리들은
기슭 위로 올라와, 아카시아의
그늘에서 꽥꽥꽥꽥 소리지르고,
제비는 멀리 사라진 것인지,
이미 보리밭에 그림자도 없구나.

그것은 모두 다 좋은 소식,
잠시동안 바람은 그치고,
비가 내린다, 내려, 후둑 후두둑
금색 실인지 비단 실인지,
진주의 실 같은 비가 내린다.

기쁘구나, 이것이 프랑스의
비에 내가 처음 젖어보는 일.
가벼운 부인복에, 날렵한 구두,
투르 들판의 개양귀비
붉은 샛길을 그대와 가노라.

젖거나 말거나, 젖었다면,
내 모자의 튤립
한층 색이 짙어지겠지,
짙어지지 않으면 버리고, 대신
들에 핀 꽃을 꺾어 꽂으련다.

그리고 옛날 대성당
그 그늘 아래에서 쉬어야지.
비가 내린다, 내려, 가늘게 툭툭

금색 실인지, 비단 실인지,

진주의 실 같은 비가 내린다.

(로아르는 프랑스 남부의 강이다)

센 강

정말 센 강이여, 언제 봐도
잿빛 섞인 옅은 녹색……
그늘에 숨은 얇은 옷인가,
울던 동틀녘의 검은 머리칼인가.

아니에요, 센 강은 울지 않아요.
다리에서 들여다보는 나야말로
여행에 야윈 나야말로……

어머, 가만히, 루비의 눈물이 스미네……
배에도 기슭에도 불이 켜진다.
센 강이여,
역시 너도 울고 있구나,
여자 마음인 센 강……

작약

커다란 꽃송이에 핀 프랑스의
작약이야말로 새빨갛구나.
베개 맡에 하룻밤 두면
내 흐트러진 머리 꿈 삼아
스스로를 태우는 불이 되지.

로댕 집의 길

새빨간 흙이 되비치는
길게 뻗은 비탈의 양 측에,
아카시아 나무가 이어지는 길.

어머, 저 숲의 오른쪽,
적갈색을 띤 지붕과 지붕,
그 사이에서 군청색을
살짝 바른 센 강……

서늘한 바람이 불어오누나,
마로니에의 향인지 물의 향인지.

이것이 일본의 밭이라면
파란 '여치'가 울겠지.
누렇게 익은 보리와 개양귀비,
황금에 섞인 주홍의 붉기.

누군가가 끌다 버린 짐수레인지,

졸린 눈을 하고, 길가에

가만히 서 있는 말 그림자.

"거장 로댕MAITRE RODIN의 별장은 어디인가요?"

묻는 두 사람보다, 옆에 선

기모노KIMONO 모습의 나를

이상하게 쳐다보는 시골사람.

"거장 로댕의 별장은

그냥 똑바로 가세요,

나무 사이로, 그 정원의

풍차가 보일 겁니다."

파리에서 온 세 사람의

가슴은 갑자기 두근거렸지.

아카시아 나무가 이어지는 길.

비행기

하늘을 가르는 날개의 소리……
오늘도 비행기가 노 저어 온다.
파리의 위를 한 줄기로,
몽마르트로 노 저어 온다.

망원경을 나에게도 좀……
한 사람은 여자네요……웃고 있다……
아카시아 나뭇가지가 방해가 되네……

어디로 가는지 알 수 없지만,
매일 날면 저 하늘의
파란 경치도 쓸쓸하겠지.

사라져가는 비행기의
여름 한날 동안의 날개 소리……

몽마르트 숙소에서

어머, 어머, 지나가네, 비행기가,
오늘도 파리를 비스듬히 교차하며,
바람 가르는 소리를 울리며,
가벼운 몸놀림, 높다랗게
날개를 쫙 펼친 보기 좋은 형태.

오페라 안경을 눈에 대고,
하늘을 밟고 서는 대담한
젊은 조종사를 올려다보니,
조금 방향을 튼 기체機體로부터
반짝하며 반사된 금가루가 떨어진다.

젊은 조종사의 용맹함,
뒤를 돌아보지 않고, 죽음을 잊고.
한 때라도 쉬지 않는 새로운
힘이 되어 날아간다,
앞으로, 미래로, 쏜살같이.

암살 주점 캬바레 다삿생
(파리 몽마르트에서)

문턱을 안으로 넘어 들어갈 때,
묘굴카바우 입구를 밟는 듯한
어두운 공포가 육박한다.

담배 연기, 사람들의 훈기,
술의 냄새, 등불의 빛,
검정과 복사빛, 노랑과 파랑과……

어머, 짝짝짝짝 손바닥 소리가
기모노 차림에 모자를 쓴
나를 맞이하여 터져나온다.

도깨비 무리인가 여겨지는
사람들의 덩어리, 여기, 저기.
뭉게뭉게 흐려지는 좁은 방.

약한 현기증이 나는 상태로
그대의 팔을 가볍게 잡고,
신기하다는 듯 힐끗대는
낯선 사람들에게 고개인사하며,
부채로 반쯤은 뺨을 가리고,
나는 거기에 앉아 있었다.

보들레르와 닮은 상像이
거친 고민을 이로 악물고,
손을 뒤로 묶여
그을린 벽에 매달려 있다,
그 발밑의 기다란
원목으로 만든 의자에.

"이 캬바레의 명물은,
사백 년 된 오래된 집이
더러운 점과, 익살스럽고
또 솔직한 저 주인영감,
거기에 손님은 만화가와
젊은 시인들밖에 없다는 점."
이런 이야기를 벗이 한다.

통 넓은 바지를 입고 큰 걸음으로
주인영감은 다가와, 세 명의
일본 손님의 손을 잡았다.
자라는 대로 어지러이 자란
머리카락과 얼굴수염도 잿빛 섞여 허애지고,
붉은 앞치마타블리에, 푸른 옷,
그것도 지저분해지고 찢어진 채.
두툼한 눈가에 주름이 잡히는
천하태평한 웃는 얼굴을 하고,
불룩 솟은 뺨과 코끝의
사과색을 띤 아름다움.

주인영감의 손에서, 앞 탁자,
내 작은 술잔에
따라진 술은 뫼동의
언덕 위에서 초가을의
센 강물을 보는 듯한
짙은 보라색을 띠고 있구나.

"들어라, 내 아이들아"라며 손님들을
야단치는 듯한 외침 소리.

주인영감은 천천히 정가운데의
보릿짚 의자에 앉으면서,
만돌린을 무릎에 두고,

"여러분, 오늘 밤에는 귀한
일본 시인들을 대접하는 의미로
베를렌느를 노래합시다."

주인영감의 목소리가 끝나기도 전에
박수 소리가 내려앉는다.

붉은 머리칼을 한, 마른 체구의,
모델여자도 헤엄을 치듯
한 화가의 무릎을 내려와,
휘파람을 분다, 손을 든다.

소나기

소나기오라쥬는 지나가네,
파리를 넘어서,
블로뉴 숲 근처로.

지금, 저편으로,
주황색과 회색 하늘의
판유리를 찢는 우레 소리,
푸른 구슬색 번개의 폭포.

또 보이네, 먼 산 끄트머리 같이 높이 솟은
흐린 먹색의 오페라 지붕 위,
안개 속에,
진홍색 직물과 황금의
빛나는 로브를 벗어던지고,
알몸이 되어 비를 맞는
여름 여왕인
어렴풋이 하얀 팔월의 태양.

또한, 온통 다 젖은 거리의 가로수
아카시아와 플라타너스는
땀과 먼지와 열을 받아
그 기쁨에 팔을 떨며,
머리쪽을 뒤집고 춤추기도 하누나.

카페 테라스에 꽃 핀
만수국과 장미는
비스듬히 부는 시원한 바람 박자를 타고
들뜬 듯이
왈츠를 추려 하기도 하누나.

더욱이, 그 대단한,
신에게 바치는 술라바시옹 방울은
가지에서, 지붕에서,
뚝뚝 떨어지게 하네,
수정 알갱이를,
은 알갱이를, 진주 알갱이를.

소나기오라쥬는 지나가네,
상쾌하게, 기분 좋게.

그것을 전송하는 것은
축제 행렬처럼 즐겁지.

내가 있는 칠 층의 집도,
내가 사는 삼 층의 창에서 보이는
근처 사방의 집들도,
창마다 빛을 받은 사람의 얼굴,
얼굴마다 주홍색 웃음……

파리의 하룻밤

프랑세즈 극장[65]의 두 번째 층의,
붉은 우단비로드을 꽉 채워서 깐
객석로줘 안에 단 두 사람
그대와 나란히 있으면, 한껏 들떠서
춤추는 마음 재미나구나.
벌써 막을 올리는 방울소리 울리네.

첫 번째 줄 발코니에,
살갗이 비치는 얇은 옷,
하얀 공작을 보는 듯
은을 뿌린 치마를 끌며,
타조의 깃으로 만든 하얀 부채,
가슴에 한 송이 하얀 장미,
온통 하얗게 장식한 세 사람은
마네가 그릴 법한 미인들,

---

65 1680년 설립된 지금의 코메디 프랑세즈 국립극장.

망원경의 몸통이 사방에서
모두 그리로 향하니 얼마나 훌륭한가.

또한 삼층 우측에,
옅은 복사빛 코르사주,
금색 자수가 놓인 치마를 입은
화려한 모습의 작은 여인이
가느다란 목덜미, 가녀린 팔,
반지의 별이 빛나는 손으로
약간 내리뜬 눈으로 무언가를 읽고,
이따금씩 뒤를 돌아보며
누구 기다리는 표정의 그 아름다움.

어머 싫어라, 앞 발코니로,
두터운 입술, 흰 눈의
아라비아 같은 검둥이가
목덜미도 팔도 손가락 끝도
반짝반짝 빛나는, 마찬가지로
검은 여자를 데리고 왔다.

쿵쾅, 쿵쾅하고 세 번 정도

무대를 두드리는 소리가 나며,

조용히 오르는 황금색 막.

더러워진 상의, 낡은 바지,

코페[66] 가 쓴 시 속에

사람을 죽인 늙은 대장장이가

법관들이 늘어앉은

앞으로 끌려나오는 통절함,

발걸음도 비척비척……

오오, 무네 쉴리[67], 보기만 해도 알 수 있는

노배우 연기의 위대함이여.

---

66 프랑수아 코페 (Francois Coppee, 1842~1908). 고답파 시인으로 시집 『가난한 사람들 Les Humbles』(1872) 등이 유명.

67 무네 쉴리(Mounet-Sully, 1841~1916). 프랑스 배우로 오데옹 극장에서 데뷔하여 뛰어난 용모와 연기로 큰 인기를 오래도록 구가.

뮌헨의 숙소

구월 초, 뮌헨은
일찌감치 가을 깊어가는가,
모차르트 거리, 해는 비쳐도
호텔에서 맞는 아침은 차구나.

파란 출창出窓의 난간을
따라 자라며 덮은 담쟁이 잎이
자주와 빨강과 황금색 물들이고
빛나도 아침은 차구나.

거울 앞에 서서는
양손으로 조이는 코르셋,
작은 은색 버튼에도
절절히 아침은 차구나.

베를린 정거장

아아 짓눌리듯 답답하고, 검붉고,

높고, 넓고, 깊숙한 둥근 천장의,

신비한 인공적인 위압감과,

부글부글 내뿜는 은백색 증기와,

터지는 불길과, 울부짖는 쇠와,

인간의 심장박동, 땀 냄새,

및 구두소리에,

끊임없이 숨막히고,

끊임없이 전율하는

베를린의 장엄한 대정거장.

아아 여기는 무엇이냐, 세계 인류가

정지 대신에 활동을,

선善 대신에 힘을,

이완 대신에 긴장을,

평화 대신에 고투를,

눈물 대신에 생혈을,

신앙 대신에 실행을,

스스로 찾아 구하여 들락날락한다,

현대의 위대한, 새로운

생명을 주로 하는 대성당은.

여기에 커다란 플랫폼이

지중해 연안처럼 옆으로 누워,

그 아래에 파도치는 몇 줄의 쇠로 된 끈이

세계의 구석구석까지를 서로 이어서,

그리로 끊임없이 끌어당겨지며,

기차는 이리로 삼십 분 간격으로 동서남북에서 도착하고,

또 삼십 분 간격으로 동서남북으로 이곳을 출발해 간다.

여기에 세계의 온갖 눈뜬 사람들은,

머리가 검은 사람도, 붉은 사람도,

눈이 파란 사람도, 노란 사람도.

모두 놓치지 않으려,

잘못 내리지 않으려 주의를 기울이고,

원래부터 발차를 알리는 벨도 없으니,

모두 스스로 조사하여 중요한 자신의 '때'를 알고 있다.

어떤 위험도, 어떤 모험도 여기에 있다.

어떤 소프라노도, 어떤 소음도 여기에 있다,

어떤 기대도, 어떤 흥분도, 어떤 경련도,

어떤 입맞춤도, 어떤 고별 아듀도 여기에 있다.

어떤 이국의 진귀한 술, 과일, 담배, 향료,

마, 비단, 모직물,

또 서적, 신문, 미술품, 우편물도 여기에 있다.

여기에서는 무엇이든지 온몸의 숨이 막힐 듯한,

전신의 근육이 찢길 것 같은,

전신의 피가 증발할 것 같은,

날카로운, 황망한, 백열의 육감의 환희에 차 있다.

어떻게 조금의 틈이나 유예가 있을까,

어안이 벙벙하여 바라보고 있을 휴식이 있을까,

승차 시간에 늦었다 한들 누가 가여이 여길까.

여기에서는 모든 사람이 그저 자기 행선지만을 생각한다.

이리로 출입하는 사람들은

남자든 여자든 모두 선택되어 온 우수한 사람이라는 느낌이 있

고,

이마가 촉촉이 땀에 젖으며,

빛을 되쏘아 보는 듯한 시선을 하며,

입은 노래 부르기 전처럼 꾹 다물고,

어깨와 가슴을 펴며,

허리에서 발끝까지는

날씬한, 더구나 견고한 식물 줄기가 걷는 듯하다.

모두의 신경은 초조해 있지만,

모두의 의지는 느긋하며,

쇠로 된 축처럼 똑바로 움직이고 있다.

모두가 어느 순간도 헛되이 쓰지 않고

진정으로 살아있는 사람들이다, 진정으로 움직이는 사람들이
다.

어머, 거대한 매머드 같은 거대한 기관차를 앞에 두고,

어느 기차보다도 큰 땅울림소리를 내며,

블라디보스토크에서 브뤼셀까지를,

십이일 만에 돌파하는,

시베리아 횡단열차노르드익스프레스의 최대 급행열차가 들어왔다.

두려운 위엄을 유지한 기관차는

지금, 세계의 모든 기관차를 압도하듯이 멈췄다.

아아, 나도 이것을 타고 왔지,

아아, 또한 나도 이것을 타고 가는 것이지.

네덜란드의 가을

가을의 해가――
나그네 처지를 딱하게 여기기 쉬운
가을 해가 저녁이 되어,
옅은 보랏빛으로 자욱한 거리의
높은 집과 집 사이에,
지금, 태양이
만년청萬年靑의 과실처럼 진홍색으로
촉촉이 젖어서 떨어져간다.

반대편 지붕 위에는,
항구에 있는 배의 돛대가
어느 것이고 색유리로 된 봉을 늘어세우고,
그 안에 항구의 파도가
현혹하는 채색을 섞어서
번쩍번쩍 모네의 그림처럼 빛난다.
잘 보면, 그 파도의 중간은
무수한 돛대의 뾰족한 끝에서 펄럭거리는
가느다란 남색의 깃발이다.

여보, 창으로 와서 보세요,
편지를 쓰는 것은 나중에 합시다,
아, 이 네덜란드 바다의
아름다운 석양.
우리는, 아직 다행히 젊어서,
이렇게 암스테르담 호텔의
오층 창문에 얼굴을 나란히 하고,
이 멋진 석양을 바라보고 있는 거지요.
라고 말하며,
내일 우리가 여기를 떠나 버리면,
다시 이 항구를 볼 수 있을까요.

어머, 바로 창문 아래의 길에,
진홍 모직물 상의를 검정 위에 입은
한 무리의 사내아이들의 이 행렬,
이 얼마나 귀여운
소학교 제복인가요.

아아, 도쿄의 아이들은
어떻게 지내고 있을까요.

같은 때

검고 커다란 기중기
내가 오층 앞에 버티고 서서,
그 아래에 몇 정町 떨어져서
바닷물에 걸려있는 기선의 등불
노란 국화꽃을 늘어세운 듯.
세관의 저편,
부두에 밀려오는 파도가 훙덩훙덩
이따금씩 울리며 희구나.
어느 술집의 창문에선가,
기타에 맞추어 부르는 뱃사람들의 노래
가을의 밤바람에 섞여,
방파제를 따라 난 산책길은
낙엽이 진 숲 나무의 줄기에
바다의 반사가 흐리게 남았구나.
어쩐지 춥구나, 머나먼 곳에서 온
암스테르담의 하룻밤

여수旅愁

몰랐었구나, 어제까지,
내 슬픔이 내 것인지.
너무도 그대에게 구애되어서.

그대가 웃는 날을 눈앞에 보고
파리의 거리에서 보는 나는
서글퍼라 왜 이다지도 쓸쓸한가.

그대 심장은 춤을 추어도
나의 뜨거운 불은 젖어서,
스스로를 슬피 울 때가 왔구나.

내가 듣는 음악은 시들었노라,
내가 보는 장미는 희미하게 희노라,
내가 들이킨 술은 식초와 비슷하더라.

아아, 내 마음 그칠 새 없이,
동쪽 하늘에 머물다 넘어가
내 아이들 위로 돌아가누나.

몽소 공원의 참새

그대는 무언가를 읽으며,
마로니에 나무가 물들기 시작한
비스듬한 오솔길을, 꽃향기가
젖어서 호흡하는 쪽으로 가고,
나는 커다란 너도밤나무의
휘어진 가지에 해를 피하여,
오색의 실을 감은 듯한
둥근 화단을 왼쪽으로 하고,
조금 떨어진 보라색의
나무 숲과, 파란 물처럼
펼쳐진 잔디를 앞에 두고서,
물감 상자를 열었을 때,

오오, 참새, 참새,
한 마리 오고,
두 마리 오고,
팔랑, 팔랑, 팔랑하며,

열 마리, 스무 마리, 셀 수도 없이,
날렵한 노란색 의자 앞,
나를 향해 다가오는 참새.

이거, 먹으렴,
이거, 먹으렴,
오늘도 나는 미리 준비해,
빵과 쌀을 가지고 왔지.

이거, 먹으렴,
참새, 참새, 참새들,
성모 앞의 비둘기처럼,
순수하고 귀여운 참새들.
내가 일본에 있던 때에는,
아침에 일어나서도 붓,
밤이 깊어져도 붓,
마쓰리祭도, 일요일도, 봄과 가을도,
쉬는 새 없이 붓을 잡고,
작은 새에게 먹이를 주는 것과 같이
마음 편한 때를 갖지 못했지.
오오, 아름답고 둥근 등과

작은 머리와 부리가

나를 향해 나란히 서 있네.

보면 모두 아이와 같은,

내 잊을 수 없는 아이와 같은……

나는 작은 소리로 부르렵니다,

애, 히카리야,

귀여운 나나야,

시게루야, 린보야, 야쓰오야, ……

어머, 이런 들어올린 손길을 두려워해,

도망치는 한 마리 저 참새,

너는 시골에 있었기 때문에

부모와 친숙해지지 못한 사호니.

나는 무언가를 말하고 있다,

이러다 미치는 게 아닐지 몰라……

어째서 마음 편할 수 있으리,

아아, 신경 쓰인다, 신경 쓰여,

아이들이 다시금……

바쁜 일본의 나날을 보내는 것도
마지못해 드는 붓도,
몸이 쇠약해지는 것도, 내 머리가
빨리 빠지는 것도 모두 자식 때문.

아이를 잊고, 내 신세를 잊고,
이런 여행을, 멀리까지
결심한 것은 무슨 까닭인가.
아이를 키우는 중요한
어미인 내 시간에서,
참새에게 먹이를 줄 틈을
도둑질하러 온 것은 무슨 까닭인가.

나도 모르게 그대의 말에 얽매여서………

아니에요, 아니에요,
모두 내 마음에서………

어머, 참새가 날아가 버렸네.

그것은 당신 탓이었어요.
모두, 모두, 참새가 날아가 버렸답니다.

여보, 나는 아무래도
먼저 일본으로 돌아가렵니다.
이제, 이제 그림 같은 건 그리지 않으렵니다.
참새, 참새,
몽소 공원의 참새,
그쪽에게 먹이도 주지 않으렵니다.

식은 저녁밥

(잡시 34편)

내 손의 꽃

내 손에 든 꽃은 남에게 물들이지 않고,
스스로 나온 향기와 스스로 나온 빛깔,
어쨌든 한창 때가 짧기도 하여라,
저녁을 기다리지 않고 시들어 간다,

내 손에 든 꽃은 아무도 모르네,
석양 빛 뒤에 보이는 것처럼
옅은 붉은 색 볼에 남기고,
흐릿한 향기로 호흡하지만,

내 손에 든 꽃은 시들어 간다……
아주 작고 조심스러운
내 혼의 꽃이므로
시들어가는 대로 그냥 둬 버려야 하는 걸까.

한 가닥 남은 빨간 길

등꽃과 진달래가 이어 피는
사월 오월에 알기 시작해서는,
나는 끊임없이 이리로 오네.
숲 나무 그늘을 비좁게
굽이쳐 올라가는 빨간 길.

나는 여기에서 꽃향기에
사랑의 한숨을 토하는 것을 듣고,
넓은 푸른 잎이 뒤집어짐에
젊은 남자가 뻗는,
상냥한 팔의 선을 보았네

나는 여기에서 새의 소리가
가슴 두근거림에 박자 맞춤을 알았고,
꽃에서 떨어지는 물방울을 아름다운
나비와 함께 맞으면서,
달디 단 열매를 맛보았네.

지금은 완연한 겨울이로다.
서리와, 낙엽과, 고목과,
짓무른 상처를 보는 것처럼
한 줄기 남은 빨간 길……
나는 이리로 울러 오네.

모래탑

"모래를 쥐고 하루 종일
모래탑을 세우는 이
아깝지는 않은가, 그 시간이
결국은 무익한 그 수고가.

게다가 양손으로 잡아도
손가락 사이로 모래가 새어나간다,
스르륵, 스르륵, 스르륵 모래가 새어나간다,
가볍게, 슬프게, 모래가 새어나간다.

모아서, 눌러서, 쌓아 올려서,
그러모은 손을 놓는 순간,
모래로 만든 모래 탑
금방 무너져 모래가 된다."

모래 탑을 세우는 이
이에 대답하듯 중얼거리네.
"시간이 아까워서 모래를 쌓지,
생명이 아까워서 모래를 쌓지."

옛 둥지에서

하늘의 폭풍이여, 부르지 말지어다,
산을 기울이고, 들녘을 부수며,
어디고 불어 닥치는 것은
이 땅에 사는 우리가 견디기 어렵구나.

들녘의 꽃 향기여, 부르지 말지어다,
행여 꽃의 향기가 된다면
나는 찰나에 향기를 불태우고
이윽고 흔적도 없이 사라지리.

나무 사이의 새여, 부르지 말지어다,
너는 본디 날개가 있어
가지에서 가지로 놀러 다니며,
꽃에서 꽃으로 노래를 부르니.

모든 만물이여, 부르지 말지어다,
나는 변치 않는 속삼임을

가난한 목소리로 반복하여
첫사랑의 둥지에 머물렀나니.

사람의 말

좋다, 싫다 말하는 이가
간혹 있는 것이야말로 기쁘네,
하찮게 구석에 있는
나의 노래를 위해, 나를 위해.

이제 알아주시게, 내 노래는
눈물 흘리는 대신 옅은 웃음
회색빛으로 입히는 색유리
죽음 옆에서 추는 춤이니.

또 알아주시게, 나는
봄과 여름과는 마주치지 않고,
가을의 빛을 재빨리 빨아들여,
달처럼 창백해졌나니.

어둠에 낚시질하는 배

(야스나리 지로安成二郎[68] 씨의 가집『빈곤과 사랑과貧乏と恋と』의 서시』)

칠흑 같은 밤바다에서

나는 혼자서 낚시하고 있네.

하늘에서 폭풍이 울부짖고,

사방에서 소용돌이가 울린다.

가느다란 삿대에 비해

꽤 많이 잡혔으니.

작은 배 안에 칠 부 정도 차서

빛이 난다, 빛이 난다, 은빛 물고기가.

그렇지만, 낚시 바늘을 빼버리니, 바로,

어느 물고기나 모두 죽어버리니.

내가 낚으려는 것은

---

68 야스나리 지로(安成二郎, 1886~1974) 가인, 소설가, 저널리스트. 『요미우리 신문(読売新
聞)』, 『오사카 마이니치 신문(大阪毎日新聞)』의 기자로 활동하며 현실생활과 체험을
바탕으로 한 생활파 단카를 발표.

이런 게 아니다, 결코.

나는 알고 있다, 내 배가
점점 바다 한 가운데로 흘러가고 있음을,
그리고 바다가 점점
아주 난폭해지고 있음을.

그리고, 내가 갖고 싶은
불가사의한 생명의 물고기는
아무래도, 나의 낚시 줄이 닿지 않는
깊고 깊은 바다 저 아래에서 헤엄치고 있으니.

나는 동 틀 때까지는
간절히 그 물고기를 낚고 싶다.
더 이상 낚시 줄로는 안될지어니
나는 내 몸을 내던져 잡을 테다.

이런, 못 보던 배가 지나간다……
나는 부들부들 떤다……
어쩌면, 저 배가 먼저
바다 깊은 곳 인어를 낚은 것은 아닐까.

잿빛 길

아 우리는 가난하네.
가난은
몸에 병이 있는 사람과 같고,
숨긴 죄 있는 자와 같으며,
또 멀리 유랑하는 이와 같고,
늘 겁내하며,
늘 편치 않고,
늘 그 마음이 춥나니.

또, 가난은
늘 몸을 비굴하게 하고,
늘 힘을 팔고,
늘 타인과 물건의
마소馬牛 혹은 기계가 되고
늘 비뚤어지고,
늘 투덜대누나.

늘 시달리고,

늘 힘들며,

늘 죽음에 가깝고,

늘 부끄러움과 한탄과,

늘 불면과 기아와,

늘 비열한 욕망과,

늘 거친 노동과,

늘 눈물을 반복하누나.

아 우리들

이것을 헤쳐 나가는 날은 언제인가,

필시 생의 저편,

죽음의 때가 아니고서야……

그래도 우리들은 그저 가누니,

이 잿빛 길을.

싫은 날

이런 날이 있다, 싫은 날이다.
나는 그저 하나의 물건으로
땅 위에 놓여 있을 뿐,
어떤 힘도 없다,
어떤 자유도 없다,
어떤 사상도 없다.

무언가 말하고 싶고,
무언가 움직여보고 싶다 느끼면서,
새 없는 새장처럼
나는 공허 그 자체이다.
그 희망은 어찌 했는가,
그 추억은 어찌 했는가.

할 일이 없어 무료한 나를
사람들은 느긋하듯 보고,
또 좋을 대로 해석해서는

세파를 피했다고 말하겠지,
입이 더러운, 소문내기 좋아하는 인간들은
쇠잔했다고도 전하겠지.

맘대로 떠들어라……라고는 생각하면서
그걸로는 내 마음이 후련치 않네.

바람 부는 밤

문득 정신을 차려보니,
밖에는 폭풍······
문이 추운 듯 떨고,
담과 처마가 삐걱거린다······
어딘가에서 희미하게 울리는 화재경보 두 번······

아이들을 재운 것이
벌써 어제의 일인 듯하다.
좁은 서재의 불빛 아래에서
남편은 조용히 무언가 읽고,
나도 조용히 붓을 잡는다.

틱······ 틱······ 틱······ 틱······
뭐지? 선명한 낮은 소리가,
갑자기 들리더니 끊겼다······
틱······ 틱······ 틱······ 틱······
어머, 또 끊겼네······

폭풍 소리에도 아랑곳없이,

바로 내 뒤에서 그러는 것처럼,

바로 지금 그 소리는,

겁이 많은, 낮은, 그리고 진지한 소리구나……

생명이 있는 자가 내는 유쾌한 소리구나……

어떤 직관이 내게 번득인다……강철 질감의 그 소리……

나는 작은 목소리로 말했네,

"여보, 무슨 소리 들렸지요?"

남편은 조용히 고개를 끄덕였다.

그 때 또, 틱…… 틱…… 틱…… 틱……

"쫓아내야지,

오늘밤 같은 때 뭐가 들어 온 거면,

오히려 우리가 사과해야 하니까"

라더니, 남편은,

웃으며 일어섰다.

나는 붓을 놓지 않고 있다.

나에게는 지금의, 폭풍 속에서 문을 가르는,

겁나는 낮은 그리고 진지한 소리가

내가 하는 일의 반주처럼,
딱 맞아 좋다.

이미 식모도 잠든 것 같고,
남편은 옆방까지,
알아서 성냥까지 찾아,
손 촛대와 목검을 들고,
복도로 나가 버렸다.

금방 따르, 릉 하고 종이 울리고,
쪽문이 슬며시 열렸다.
'도망쳤네, 도둑이'라고,
나는 처음으로 분명히
폭풍 속의 도둑을 알아차렸다.

우리들의 지갑에는, 오늘 밤,
작은 은화 한 잎 밖에 없다.
나는 우리들의 빈곤의 비참함보다도,
모르는 한 남자의 헛수고가 불쌍하구나.
틱…… 틱…… 틱…… 틱…… 하는 소리가 아직 귓가에 맴돈다.

작은 고양이

작은 고양이, 작은 고양이, 귀여운 작은 고양이,

앉으면 작고 동그스름한,

걸으면 날씬한,

아름다운, 새하얀 작은 고양이,

태어나 두 달도 채 안되어

고초孤蝶[69] 님 댁에서

우리 집으로 온 작은 고양이.

아이들이 모두 잠들고 밤이 깊었네.

나 혼자 모기에 물려

서재에서 조용히 무언가 읽고 있으니,

작은 고양이야, 너 쓸쓸하니?

내 뒤로 몸을 비비며 다가와서는

작은 아이 같은 소리로 우네.

---

[69] 바바 고초(馬場孤蝶, 1869~1940) 영문학자, 시인, 게이오의숙대학(慶応義塾大学) 교수.

이런 때,
이전 주인은 친절하게
살짝 너를 안아다 무릎에 올리고
얼마나 쓰다듬어 주었을까.
그래도, 작은 고양이야,
나는 너를 안을 틈이 없구나,
나는 오늘 밤
나머지 열 장을 써야만 한단다.

밤이 점점 깊어져
오전 두시 우에노上野의 종이 희미하게 울리네.
그리고 무엇에 재롱을 떠는 걸까,
작은 고양이 목의 방울이
다음 종소리가 들릴 때까지 울리고 있네.

기사記事 한 장

지금은
(나는 올바르게 적어 둔다,)
일천구백십육 년 일월 십일의
오전 두시 사십이 분
그리고 십칠 분 전에
불의의 사건 하나가
나를 정신없이
큭큭 웃게 했다.

저녁 여덟 시에
아이들을 모두 재우고,
남편과 나는 언제나처럼,
일체의 말없이 서재에 있었다.
한명은 책을 보다가
가끔 한번 씩 사전을 찾고.
한명은 마감에 늦은
잡지 원고를 쓰고 있었다.

매일 밤의 습관……
이다마치飯田町를 떠난 화물열차가
절벽 위 낡은 셋집을
배처럼 흔들고 지나갔다.
이 기계적 지진에 대해
우리들의 반응은 둔해,
그저 멍하니
벌써 오전 2시가 되었네라고 느낄 뿐.

그러고 나서 바로였다.
정원을 향해 책상을 놓은 나와
덧문을 사이로 한 자의 거리도 안 되는
바로 코끝의 바깥부분에서,
갑자기 재채기가 터져 나왔다,
'도둑의 재채기다.'
찰나에 직감한 나는
엉겁결에 큭큭 웃었다.

"뭐지?"라고 남편이 돌아보았을 때,
그 불가항력의 목소리에 계면쩍어,
당황하여 입을 막고,

살짝 담 너머로 도망간 이가 있다.

"도둑이 재채기를 했나 봐요."

바다의 심저같은 6시간의 침묵이 깨지고,

두 사람의 긴장이 웃음으로 풀렸다.

이런 우스운 우연이라고 보이는 필연이 세상에는 있다.

모래

강가 모래밭의 바닥의 또 그 바닥의 값어치 없는
모래가 된다면 사람이 취하지 않고,
바람이 부는 날은 먼지가 되고
비 오는 날은 진흙이 되고,
사람, 소, 말이 밟는 대로
짓이겨져 세상에 있겠지.

드물게 강가 모래밭의 여기, 저기,
연꽃, 민들레, 달맞이꽃,
메꽃, 들국화 흰 백합이
무리를 지어 피는 날도 있겠지만,
흘러 들어온 씨앗이니
결국은 흘러가 흔적도 없네.

무서운 형제

이 집의 명의인은
세상물정 모르는 장남이다.
욕심이 많고
배려는 모자란 형이다.
갑자기 옆집에 쳐들어가서는
보호해줄 이 없는 노인인
반신불수의 주인에게,
"댁이 갖고 있는
값진 땅과 재산을 넘기시오.
나는 늘 당신에게 은혜를 베풀고 있소.
내가 없었다면,
당신의 재산은커녕
먼 옛날에
근처에서 다 나누어 가졌을 것이오.
그 은혜를 갚으시오"라고 말했다.
아무리 성격 좋다 해도,
옆 집 영감은 근성이 있다.
있는 한의 지혜를 짜내어

이 얼간이의 생떼를 거부했다.
입씨름이 길어져,
두 사람의 목소리가 점점 거칠어졌다.
말문이 막힌 멍청이가,
득의양양한 최후의 수단으로,
주먹을 흔들려고 할 때,
멍청이의 많은 형제가
와글와글 다가왔다.
"밀리네, 형,"
"협박이 약해, 형,"
"더 상대를 괴롭혀야지,"
"왜, 갑자기 칼을 들이대지 않는 거야,"
"말 따위 필요 없지. 팔을 찔러, 팔을 찌르라고,"
이런 말을 각자 말하고,
형을 욕하는 형제만 있다.
형을 부추기는 형제만 있다.
진실로 형을 위하는 마음으로,
왜 말도 안 되는 생떼를 부리냐고
형의 처음 발언을
나무라는 형제는 한 명도 없었다.
오, 무서운 이 집의
명의 가진 이와 가족.

짐승의 무리

아아, 이 나라의

두려워해야할 혹은 추한

의회의 심리를 모른다면서

중의원 건물을 올려다보지 마시게.

재앙이 되리니.

여기에 들어가는 자는 전부 변하니.

가령 질이 나쁜 돈이 많은 나라로 들어가면

영국의 금화라도

칠일 만에 줄에 깎이어

그 올바른 중량을 줄이는 것처럼,

한번 이 문을 밟으면

양심과, 도덕과,

이성의 평형을 잃지 않고서,

사람은 여기에 있기 어렵다.

보라, 여기는 가장 무지한,

가장 부패한,

또한 가장 비열한

야인의 본위로

사람의 가치를

가장 조악하게 균일화시키는 곳이다.

여기에 있는 자는

민중을 대표하지 않고

사당私黨을 세워

여기에서 그들이 이기는 것은

인류의 사랑을 생각치 않고

동물적 이기利己를 계산하고,

공론 대신에

사담과 노호怒號와 욕설을 교환한다.

본디 정의에도, 총명함에도,

대담함에도, 웅변에도 있지 않으니,

그저 그들이 서로

아부하고, 모방하고,

타협하고, 굴종하여,

정권과 황금을 등에 업은

다수의 짐을 실어 나르는 마소로

스스로 변하는 것에 있다.

그들을 선거로 뽑는 것은 누구인가,

그들을 받아들이고 용서하는 것은 누구인가.

이 나라의 헌법은

그들을 쫓을 힘이 없네,

하물며 선거권도 없는

우리들 대다수의

가난한 평민의 힘으로는……

숨기면서, 해마다,

우리들의 정의와 사랑,

우리들의 피와 땀,

우리들의 자유와 행복은

가장 냄새나고 추한

그들 짐승 무리에게

축사에 깔아주는 짚 마냥 짓밟힌다……

어느 해 여름

쌀값이 전례 없이 오르니
나의 가난한 열 명의 가족은 보리를 먹는다.
나의 아이들은 보리를 싫어해서
"흰 쌀밥"이라 소리치지.
보리를 조로, 또 팥으로 바꾸어도,
역시 나의 아이들은 "흰 쌀밥"이라 소리치지.
나의 아이들을 뭐라 혼내겠는가,
젊은 엄마도 마음속으로는 쌀을 좋아하니.

'제 부하의 유족이
곤궁해지지 않도록 배려해주시길
제가 염두에 두고 있는 것은 오직 이것뿐입니다'라는,
사쿠마佐久間 대위[70] 의 유서를 생각하니,
새삼스럽게 가슴이 미어진다.

---

[70] 사쿠마 쓰토무(佐久間勉), 일본 해군 대위. 아키코가 말하는 유서는 일명 '제6호 잠수
정 사건'으로 1910년 4월 15일 미국에서 들여온 잠수정으로 훈련 중이던 승조원 14명이
잠수정에 갇힌 채 침몰한 사건을 말함. 며칠 뒤 인양한 잠수정 안의 승조원 전원이 자
신의 위치에서 일탈하지 않고 제자리를 지키고 있어 세계를 놀라게 했으며 더욱 이슈
가 된 것은 지휘관이었던 사쿠마 대위가 사고발생 시점부터 침몰하는 마지막 순간까지
상황별로 기록했다는 사실과 유서 말미에 천황에게 탄원한 다음의 내용. "폐하의 배를
침몰시키고 부하를 죽게 한 소관의 죄는 씻을 길이 없으나 승조원들은 죽음에 이르기
까지 임무를 충실히 수행했습니다. 제 부하의 유족이 곤궁해지지 않도록 배려해주시길
제가 염두에 두고 있는 것은 오직 이것뿐입니다."

삼등국 집배원(압운[71])

나는 가난하게 태어나,

소학교를 나와, 올해로 열여덟.

시골 우체국에 취직되어,

하루에 다섯 마을을 맡아,

집배를 하여 몸은 고달파,

해질녘 돌아와, 아내와 아이와

쓸쓸한 저녁상을 마주하고,

재첩국으로 후루룩

다 먹고 나면 아무런 말도 없고.

즐거움이란 목욕하러 가는 것.

목욕탕에서 들어보면 농부들의 형님이지,

모두 읽고 와서는 자주 하는,

---

71 두운이나 각운처럼 문장이나 단어의 앞이나 끝에 같은 음을 되풀이하여 리듬감과 의미
의 집중을 노릴 수 있는 효과. 아키코는 본 시에서 '주하치(八)' '우케모치(受持ち)'라
든가 '우와사(うはさ)' '오모사(おもき)' 등과 같이 압운을 이용함.

대중문학의 소문들이지.

나는 그저 알고 있는,

그 일 엔짜리 책[72]을 배달하는 무거움이지.

따뜻한 물이 양 발로 스며.

때와 흙으로 더러워진

밑에서 잠시 그것을 비벼.

아 이 발이 내일도 또

뽕나무 사이 길을 밟어.

이번 달도 스무날이 된다.

조금의 편함도 없다.

이제 큰 잡지가 온다.

아 못해먹겠다, 못해먹겠다.

쉬면 월급이 깎인다.

소설가가 부럽다.

---

72 '엔폰(円本)'을 말하는 것으로, 1926년 불황을 타개하기 위해 가이조샤(改造社)가 『현대일본문학전집』 63권을 권당 1엔에 발행해서 20만 부 이상 팔았으며 이후 엔폰 붐이 일어남.

기쿠치 간菊池寛⁷³ 도 사람이지만,

이런 생업은 모를 것이다.

나는 사람 나부랭이,

하루 팔십 전의 집배원.

---

73 기쿠치 간(菊池寛, 1888~1948). 소설가, 희곡작가, 저널리스트. 다이쇼, 쇼와 시대의 인기 작가.

벽

바빌론 사람들이 세운
구름 사이까지 올라간 탑은 비웃을 만하네,
그것보다 더한 저주스러운
거대한 탑이 여기 있으니.

천억의 돌을 쌓아 올리고
옆으로는 세계를 휘감을 만큼 늘리고,
검을 꽂은 꼭대기는
하늘의 태양을 막았네.

뭐하는 벽인가, 그 안에
오늘을 끝내고, 사람을 위해,
넓혀둔 내일의 태양이
시야에 들어가는 것을 막았네.

벽 아래에는 만년의
어스름한 그늘이 거듭되나니,

앓는 것처럼 창백해지고
사람은 힘을 잃는다.

흐리멍텅해진 눈이 보기 어려워
갈 곳 잃어 우는 이도 있고
양처럼 서로 밀어
피를 흘리며 죽는 이도 있다.

아 사람들이여, 어찌하여
고대의 벽에서 나오지 않는가,
영원한 고통에 울면서
역시 그 벽을 의지하는가.

때때로 강한 사람이 있어
분노하여 쇠망치를 흔들어,
무정한 벽의 한 구석을
무너뜨리려 뚫어도,

중생을 모으니 범부들은
그를 잡아 때려죽이고,
뚫은 벽을 오히려

큰 돌로 고쳐놓네.

그렇게 말해도 벽을 세운 것은
원래 세세대대 범부이며,
드물게 나오는 천재의
궁극의 지혜에 미치겠는가.

때가 되어, 이제 비행기와
대포의 세상이 도래했도다.
보아라, 바로 앞에, 태양 저편으로,
'살아라' 소리치며 날아가는 무리를.

이상한 마을

먼 먼 곳에 와서

나는 지금 이상한 마을을 보고 있네.

이상한 마을일세, 군대가 없네,

전쟁을 하려 해도 이웃나라가 없네.

대학교수가 소방원을 겸하고 있네.

의사가 약값을 받지 않고

반대로 병에 따라

치료 경비와

국립은행의 수표를 주네.

나쁜 짓을 찾아다니는 신문기자가 없네,

아예 나쁜 짓이 없기 때문이네.

장관은 있어도 관청은 없어,

장관은 밭에 나가 있네,

공장에서 근무하고 있네,

목장에서 일하고 있네,

소설을 쓰고 있고, 그림을 그리고 있네.

개중에는 청소차 일을 하고 있는 자도 있다네.

여자는 모두 쓸데없는 멋을 안 부리네,

산뜻한 맑은 아름다움을 가지고,

수다를 떨지 않네.

푸념과 건방진 말을 하지 않네,

그리고 남자와 마찬가지로 직업을 가지고 있지.

특히 재판관은 여자의 명예직이네.

물론 재판소는 민사도 형사도 없지.

오로지 상훈賞勳의 공평을 판가름하고

변호사는 임시로 비평가가 되네.

그러나 길게 불필요한 이야기를 하지 않지,

대체로 잠자코 있다네,

가끔 말을 하더라도 간결하지.

그것은 재판을 받는 공로자의 자백이 솔직하기 때문이고,

동시에 판결하는 여자가 총명하기 때문이지.

또한 이 마을에서는 고리대금이 없네,

절이 없네, 교회가 없네,

탐정이 없네,

십종 이상의 잡지가 없네,

학생 정치 연극이 없지,

그런 주제에, 내각회의도

결혼피로연도 장례식도

문학회도, 회화회도,

교육회도, 국회도,

음악회도, 춤도

물론 명배우의 연극도

몇 개인가 있는 대국립 극장에서 열고 있다네.

정말 이상한 마을이네.

내가 자랑하는 도쿄와

아주 다른 마을이지.

먼 먼 곳에 와서

나는 지금 이상한 마을을 보고 있다네.

여자는 약탈자

백화점의 진열대는

어느 여자의 마음이고 유혹한다네,

마쓰리보다도 축하연보다도 더 유혹한다네.

평생 이성에게 마음을 빼앗기지 않는 여자는 있겠지,

자식을 낳지 않으려는 여자는 있겠지,

연극을, 음악을,

차를, 소설을, 노래를 좋아하지 않는 여자는 있겠지.

대체 어디에 있을 수 있겠는가.

미쓰코시三越[74]와 시로키야白木屋[75] 의 세일 소식에,

가슴을 두근거리지 않을 여자가,

갑작스레 과대망상가가 되지 않을 여자가.……

그 찰나, 여자는 모두,

(설령 모슬린 한 롤을 사기 위해,

주저하다가, 떨이를 기다리며

---

74 일본 최초이자 당시 최대의 백화점.

75 지금의 도큐(東急) 백화점의 전신.

반나절을 소비해야 하는 신분의 여자이더라도,)
그 기분은 귀부인이네,
사람들 속의 공작부인이지.
나는 이런 화려한 기분을 좋아한다네.
일찍이 신을 부정한 나도,
미 앞에서는, 송구스러워하는
영원한 신자라네.

그렇지만, 요즘,
나에게 커다란 불안과
깊은 공포가 느껴지네.
나의 흥분은 금방 자각되고,
나의 미친 듯한 열정은 금방 식어가지.
잠깐 후에 나는 꼭
'바보 같은 아프리카의 왕 행세를 하는 것 같군.'
이라고 말하며, 나 자신을 나무라고,
그렇게 얼굴이 빨개져서는,
심하게 양심적으로 괴로워한다네.

백화점의 문지방을 밟은 여자 중
약탈자가 아닌 여자가 있겠는가?

약탈자, 이 이름은 무섭지,

그러나 이 이름에 걸맞은 생활을

실행하며 부끄러워하지 않는 자는,

아, 세계의 수많은 여자가 아닐까?

(그 여자 중 하나가 나지.)

여자는 아버지의, 오빠의, 남동생의,

남편의, 모든 남자의,

지식과 정열과 피와 땀을 모은

노동의 결과인 재력을 빼앗아

내 것처럼 마음대로 쓴다네.

염가의 장식용 옷깃 하나를 사는 돈일지언정

여자 자신의 정당한 소유는 아니네.

여자가 옷집에, 화장품 가게에,

귀금속상에 지불하는

그 막대한 액수의 돈은

모두 남자에게서 탈취한 것이네.

여자여,

(그 여자 중 하나가 나지.)

무지, 무능, 무반성의 너에게

남자에게서 그렇게 터무니없는 보수를 받는

그럴듯한 이유가 어디에 있는가.

너는 딸로서

그 화려한 복장에 필적할

얼마나 고고한 사랑을 가지고,

얼마나 총명한 사상을 가지고,

세계의 청년에게 존경받을 것인가.

너는 아내로서

얼마나 남편의 직업을 이해하고,

얼마나 그것을 도왔는가.

너는 남편의 반려자로서

대등하게 어떤 문제를 이야기할 수 있는가.

너는 일용할 양식을 살 돈 조차

자신의 노동으로 충당한 적이 있는가.

너는 어머니로서

자신이 아이들에게 무엇을 가르쳤는가.

너로부터가 아니라면 부여받을 수 없을 정도의

멋진 정신적인 무언가를

조금이라도 자신의 아이들에게 불어넣어 주었는가.

너는 가장 어머니다운 진정한 책임을 알고 있는가.

아, 나는 이것을 생각한다,

그리고 전율한다.

증오할 만한, 저주할 만한, 가련히 여길만한,

부끄러워할 만한 여자여, 나 자신이여,

여자는 약탈자, 그 타성과

의지하는 성질 때문에,

아버지, 형제, 남편의 힘을 훔치고,

귀여운 자기 자식의 살조차 갉아먹는 것이다.

나는 미쓰코시와 시로키야 안의

화려한 광경이 좋다.

나는 불안도 공포도 없이

다시 '미'의 신을 사랑하고 싶다.

그러나 그것은 용기가 필요하다.

나는 남자에게 의지하는 기생상태에서 나와서,

나의 혼과 양 손을

나 자신의 피로 정화시킨 후이다.

나는 먼저 일하겠다,

나는 모든 여자를 배신한다,

나는 약탈자의 이름에서 빠져 나오겠다.

여자여, 나 자신이여,

너는 한 마을, 한 시市, 한 나라의 문화에

직접적으로 어떤 공헌을 했는가.

백화점 세일에

너는 특권 있는 자처럼,

그 낮고 창백한 몸을,

가장 높고 가장 귀한

유공자처럼 꾸미려고 한다.

아아, 남자의 터무니없는 관용,

아아, 여자의 터무니없는 건방.

(1918년 작)

식은 저녁밥

아, 아, 어떻게 되어가는 것일까,
지혜도 쥐어 짤 궁리도 없습니다.
그것이 아주 적은 돈이면서,
융통성 없다고 말하는 것이,
이렇게 크게 우리들을 괴롭히고 있습니다.
다만 받아야 할 물건을
서점의 불경기로 받지 못하고,
몇 개월이나 괴로운 변통과
부끄러움을 잊은 외상을 거듭하며,
아, 이젠 막다른 골목입니다.

남들은 우리들의 겉모습을 보고,
생활에 서투르다고 말하겠지요.
물론, 분명 서투릅니다,
그렇지만 더 이상 일하는 것이,
우리가 가능할까요.
또 노동에 대한 보수가 맞지 않는 것을

이 이하로 참아야한다고 말하는 것이
무서운 재난이 아니겠습니까.
적어도 우리들의 많은 가족이
피할 수 있는 일일까요.

오늘은 물론 집세를 내지 못했습니다,
그 외의 지불에는
두 달 전, 세 달 전부터 빌린 것이
체면 없게도 쌓여있는 것입니다.
그것을 연장시키는 말도
지금까지는 희망이 있어 말한 것이
어쩔 수 없이 거짓말이 되어 버렸습니다.
그러나 오늘이야말로,
거짓말이 될 것을 알면서 거짓을 말했습니다.
어째서 사실을 말하지 못하는 것일까요.

아무것도 모르는 아이들은
오늘은 천황생일날이라며 즐거워했습니다.
그 중에도 히카루는
내일 자기 생일을
언제나처럼, 기분 좋게,

동생들과 축하할 생각입니다.
아이들의 싱그러운 얼굴을
두 개의 작은 밥상의 사방으로 둘러보면서,
아, 우리들 부모는
식은 저녁밥을 먹었습니다.

이제 우리는 도산하겠지요,
숨기고 온 고물을 내놓겠지요,
체면을 따질 수 없겠지요,
맞습니다, 우리들을
다시 일으켜 세우는 날이 왔습니다.
수치와, 자살과, 광기에 외줄을 타 듯,
우리들을 시험하는
적나라한, 극한의,
빙하 속의 날이 왔습니다.

(1917년 12월 작)

진주조개

진주조개는 늘 운다.
사람이야 알 수 없는 대양은
바람이 불지 않는 날도 파도를 치니,
파도에 흔들려 조개의 몸이
어딘가에 엎드려 구르니,
천길 물 속 바닥에서 늘 운다.

하물며, 가끔 눈에 보이지 않는
작은 모래가 조개로 들어가
파도에 흔들릴 때마다
찌릿찌릿 부드러운 몸을 찌르면,
피할 수 없는 고통에
조개는 괴로워하며 늘 운다.

참으며 울지만, 때때로
눈물은 몸에서 삐져나와,
조개에 숨는 하나의

작은 모래를 적셔주니,
맑고 애달픈 그 눈물
덧없는 모래를 감싸면서,
날마다 보석으로 변하지만,
조개는 뒹굴며 늘 운다.

동쪽으로 올라오는 '여명'은
그 따뜻한 장밋빛을,
밤을 지나가는 달은 물빛을,
무지개는 불가사의한 반짝임을,
함께 하늘에서 서로 던져,
모래는 진주가 되어가지만,
그것도 모르고, 조개의 몸은
파도에 흔들리며 늘 운다.

파도의 너울

섬의 앞바다에 군청의
사르르 녹은 바다 색,
완만한 너울이 틈을 두고
커다란 노를 저을 때마다
낚시 배 하나, 둥글둥글
대야처럼 높이 올라갔다가,
또 기울어져서 낮아지고,
하늘과 물에서 떠서 논다.
당신과 살고 있는 이 몸도 이것과 닮아
넓디넓은 사랑이므로,
슬픈 일도 기쁜 일도
그저 영원한 날의 파도 같아라

여름의 노래

애달프구나, 기분 좋은 것은 여름이니.
만년의 술 빚는 남자 태양은
한 때 그 술 창고를 열어서,
빛과 정열, 향기와
일곱 가지 색의,
거대한 병 앞으로
사람을 끌어당기네.

애달프구나, 기분 좋은 것은 여름이니.
사람들 모두 그리스의 옛날처럼
얇은 옷을 입고,
혹은 태어났을 때의
알몸이 되어,
마치, 목욕물처럼,
광명 환희의 몸을 적시네.

애달프구나, 기분 좋은 것은 여름이니,
사람들 모두 태양에 취할 때,
갑자기 그 앞을 가르는 것은
소나기 청량음료.
그리하여 밤이 되면,
금속질의 선선한 바람과
수정의 달, 꿈을 흔드네.

오월의 노래

아 오월, 우리들의 세계는

태양과, 꽃과, 보리 이삭과,

유리의 하늘을 가지고 꾸며진,

공기는 술 빚는 창고의 호흡마냥 달짝지근하고,

빛은 공작 날개 같이 초록 금빛이니.

아 오월, 만물은 새로워지는.

죽순도 땅을 뚫고 나오는,

양모밀 꽃도 나비를 부르는,

벌도 알을 낳는.

그런 때에 엄마의 배를 나와

맑고 용감한 첫 울음 소리를 높이는 아이,

끌어안고 자며, 그 아이에게

처음으로 인간의 매너를 마시게 하는 엄마.

열렬한 사랑 중에 손을 잡는

혼인한 날 밤의 젊은 두 명,

여린 잎에 이슬이 놓인 것처럼 이마에 땀을 흘리며,

뽕을 줍고, 마를 짜는 마을 사람들,

함께 이 얼마나 축복 받은 사람들인가.

설령 이 날, 유럽의 전장에 서서,

철과 불 앞에,

극악무도의 희생이 된 용사도

또 무료 숙박소의 벽에 기댄

내일의 아침 밥값이 없는 무직자도,

아 오월, 이 달을 만날 수 있는 것은

이 얼마나 힘이 넘치는 실감의 생이겠는가.

로댕 부인[76] 이 주신 꽃다발

어느 서랍 하나를 열고

여행 기념의 그림엽서를 만지작거리니

그 아래에서 파리 신문에 싸인

색 바랜 꽃다발이 나타났네

오, 로댕 선생의 정원의 색색의 장미……

우리 두 사람 그 날을 어찌 잊겠는가,

흰머리 섞인 금발의 노 귀부인이여,

광택 있는 치자색 상의를 걸친,

고상하고 친절한 로댕 부인은,

몸소 정원으로 내려가,

이슬 가운데에서 꺾어서,

나를 안으며 이것을 쥐어 주셨지.

꽃다발이여, 귀하고, 그리운 꽃다발이여,

그 날의 행복은 역시 우리들의 마음에 신선함을,

[76] 유명한 프랑스 조각가 오귀스트 로댕(Auguste Rodin, 1840~1917)의 아내 로즈 뵈레(Rose Beuret). 1912년 아키코와 뎃칸 부부는 로댕의 집을 방문.

겨우 삼년이라는 시간은
잔인하게도, 당신을
이집트의 미라로 만드는
오천년 전의 썩은 천의,
무시무시한 갈색과 같아졌네.

나는 남편을 불러,
이미 그 날의 귀로,
부인이 우리들을 태워 배웅해주었던
로댕 선생님의 마차 위에 있고,
지금 한 명의 친구와 셋이서
감격 속에 서로 냄새 맡듯,
이마를 가까이 가져다 냄새 맡으려 하니,
꽃은 임종 때의 사람의 숨처럼,
아주 희미한 향을 내면서,
두 사람의 손 위에
그러면서 타들어가는 종이처럼
애달프고, 슬프게도,
우수수 부서져 떨어졌네.

오, 나는 이럴 때,

꼭 냉정하게 있기 어렵네,
우리들의 환락도 지금은
이 꽃과 함께 공허하게 되었구나.
용서하시길,
눈물 닦음을.

남편은 말했지.
"우리 정원 장미 밑에
이 꽃의 재를 뿌리자.
일본의 흙을
깨끗하게 하는 것이
인도의 오랜 부처님의 송곳니를
불교도가 가져오게 한 것보다 나을 거야."

더운 날의 오전

덥다, 더워,

흐린 날의 습기는

기름종이 바른 장지 안에 있는 것 같네.

좁은 서재에 진을 친

열 개 화분 속 나팔꽃은

빨리도 나보다 먼저

꽃무늬 헝겊 쪼가리가

젖어서 처진 것처럼,

또 쓰다 말고서 찢어서 동그랗게 구겨놓은

어떤 때의 사랑 편지처럼,

덧없고, 애처롭게,

초라하게 시들어버렸다.

덥다, 더워,

책상 아래에서는

작고 얄미운 흡혈귀

모기까지 나타나서는,

무릎을, 발을, 물어댄다.

그래도 아우구스트는 건강하게
저쪽 툇마루에서 물총을 만지작거리고,
겐은 새근새근
모기장 안에서 잠들었다.
이 틈에, 그대여
붓을 놓고,
멱 감지 않으시렵니까, 물로.
또독 또독 떨어지는
수도의 물줄기는 가늘지만,
그 물소리에, 어제,
문득 그리워졌네,
생 클루 숲의 분수.

황칠나무

내 정원의 '황칠나무'
상록수이면서 안쓰럽구나.
때도 때인지라 수유나무에조차
탱자나무에조차 꽃이 핀다.
여름 초에 안쓰럽구나,
초록 나뭇가지 여기저기에,
어쩌다 잎은 쌍떡잎
매일 눈에 띄는 진한 울금,
젊은 백발을 보는 것처럼
물들어 떨어지는 것이 안쓰럽구나.
내 정원의 '황칠나무'.
보면 울게 되는 '황칠나무'.

밤의 책상

대리석보다도 하얀 양초를 유리그릇에 불켜고,
밤새도록 흑단 탁자에서 무언가 쓰면 행복이 크기도 하지.
애처롭구나 이 치자나무색 불빛이야말로
피는 꽃 같은 생명을 품은 상상의 안개이니.

이것을 생각하니 낮은 시인이 있을 곳이 아니니,
하늘의 태양은 시인의 빛이 아니니,
그저 아프리카를 사막으로 만드는 나쁜 열기일 뿐.

기쁜 것은 꿈과 현혹과 암시로 가득 찬 백랍의 빛.
이 빛 안에 오감과 두뇌를 넘어,
온 몸으로 냄새 맡고, 만지고, 깨닫는 찰나―
전부와 개성과의 아주 심한 조화,
이상을 실현시키는 찰나는 도래했나니,
니체의 「밤의 노래」 속 '모든 샘물'처럼,
내 노래는 가득 차 높게 찰랑 찰랑 용솟음친다.

흰독말풀

쿵, 쿵, 쿵 발 박자,
구멍을 밟아라 발 박자,
금방 기쁨에, 가을날의
긴 복도를 내달렸지만,
어디를 어떻게 가고, 어떻게 찾고,
어째서 땄는지 기억 못해도,
내 옷자락에 넣어 둔
흰독말풀과 웃음버섯.
나는 꿈을 꾸고 있는가,
벌써 미치광이가 된 것인가,
아이구 아이구 세상이 불이 되었네.
어디선가 사람이 웃는 소리.

하나코花子의 노래 네 편(동요)

*구관조

구관조는 어느 틈에
누가 가르쳐서 외웠을까.
내 이름을 똑똑하게
예쁜 소리로 "하나코 씨"

"무슨 볼 일이라도"라고 물어보니,
구관조 얄미워라.
안 듣는 척하고 잠시 있다가,
"따르릉, 따르릉," 벨 소리 흉내.

"이제 안 좋아" 하고 가면서
내가 말하면 뒤에서,
구관조 익살꾼의
"안돼, 안돼" 높은 목소리.

* 장미와 하나코

하나코 정원의 장미꽃
하나코가 심은 장미라서
정말 많이 닮은 꽃이 피지.
색깔은 하나코의 볼 색이랑
꽃은 하나코의 입술이랑
정말 많이 닮은 장미 꽃.

하나코 정원의 장미꽃,
꽃이 귀엽다고 태양도
황금 기름을 뿌리니
꽃이 귀엽다고 산들바람도
사람 눈에 안 보이는 물결모양의
얇게 비치는 비단옷을 입혀주려 오네.

옆에서 하나코가 노래하는 날엔
장미도 향기로운 숨을 쉬며
하나코처럼 소리를 내고
옆에서 하나코가 춤추는 날엔
장미도 팔랑 몸을 흔들고

하나코처럼 춤을 추네.

그러다 하나코가 없는 날엔
눈물 머금은 눈을 내리깔고
가만히 고개를 숙이는 장미꽃.
꽃의 마음 기특하여라,
그것도 하나코와 똑같네.
하나코 정원의 장미꽃

* 하나코의 곰

눈이 부슬부슬 내려요.
곰 인형을 안고
작은 하나코는 툇마루에 나왔네.

산에서 태어난 꼬마 곰은
눈이 내리는 것이 좋겠지,
눈을 보여줘야지라며 툇마루로 나왔네.

곰은 차가운 눈보다도,

안아주는 하나코의 따뜻하고
상냥한 가슴을 좋아하네.

그리고 하나코의 손 안에서
곰 인형은 스르륵 잠드네.
눈은 점점 쌓이네.

* 잠자리의 노래

땀이 흐르는 칠월은
잠자리도 여름 방학인걸까?
거리의 아이들과 마찬가지로
피서지의 해변 모래밭에 와서
무리지어 얇은 옷소매 흔든다.

작은 하나코가 메꽃을
꺾으려고 손을 뻗으니
이것도 하얀 꽃인 줄 알고
잠자리 한 마리 손가락 끝에

그만 아무렇지 않게 내려앉았네.

생각지 못한 기쁨에
하나코의 가슴이 쿵쾅쿵쾅.
지금 예쁜 날개 있는
작은 천사가 가만히
하나코의 손가락에 멈춰 있다.

손 위의 꽃

달개비꽃, 손에 올려놓고
바라보니 선선한 하늘색의
꽃의 눈동자가 들여다보네,
내 가슴 속 쓸쓸함을.

달개비꽃, 하늘색의
꽃의 눈동자 촉촉해지는 것은
어두운 마음을 훤히 들여다보고
나를 위해 한숨짓는 것일까.

달개비꽃, 잠시는
손에 올린 꽃을 버릴 수가 없겠네.
흙이 될 친구이면서
내가 아쉬워하면 꽃도 아쉬워하지.

달개비꽃 밤이 되면
진정 그대는 별의 꽃,
나의 손가락을 가지삼아
조용히 은하수 불빛을 당기네.

한쪽 구석에서

나는 있다, 한쪽 구석에.

어떤 때는 졸려서

어떤 때는 아픈 것처럼

어떤 때는 쓴 웃음 참아가며

어떤 때는 쇠고랑이

내 발에 있는 것처럼

어떤 때는 배곯아

내 손가락 빨며

어떤 때는 눈물 항아리 들여다보고,

어떤 때는 청옥의

오래된 경을 치고

어떤 때는 임종의

백조를 지키고

어떤 때는 손가락 들어

허공에 노래를 적으면서……

쓸쓸하다, 너무 쓸쓸하다,

나는 있다, 한쪽 구석에.

오전 세 시의 종

우에노上野의 종이 울린다.

오전 세 시,

이슥하게 밤이 깊어가는

십일월 초 어느 밤에

도쿄 거리의 낮은 지붕을 넘어,

우에노의 종이 울린다.

이 소리다,

일본인 마음의 소리는.

이 소리를 들으면

일본인 마음은 모두 차분해지고,

모두 조용해진다,

모두 자력自力을 마비시켜

타력의 신도로 변한다.

우에노의 종이 울린다.

나는 지금, 살짝

경련적인 반항이 올라온다.

그렇지만 내 안에 있는

조상들의 피의 나약함이여, 부질없음이여,
새벽 서리가 내려앉은
나무 상자 집 안에서
나는 종소리를 들으며
가만히 맥이 풀려
붓 든 손을 멈춘다.
우에노의 종이 울린다.

어느 날의 쓸쓸함

문전 구걸하는 것은
거짓 고학생,
거짓 부상병,
거짓 주의자, 지사,
마차, 자동차를 타는 것은
거짓 신사, 대신,
거짓 귀부인, 레이디,
그리고 신문을 보면
거짓 재판,
거짓 결혼,
게다가 거짓 교육.
세상살이의 길은 많고 많아도
결국 진실과 마주친 적 없구나.

올해 황송하게도 쇼와昭和 천황 즉위식이 열린 11월 1일에 이 시
집의 교정을 끝냈다. 다시 읽어보니 부끄러운 일들만 가득한 마
음의 흔적이므로 밝고昭 온화한和 쇼와 새 시대의 광명 아래에
한층 더 내놓기 어려운 심정이다.

아키코

· 작가 소개와 작품 소개 및 연보

· 역자 소개

| 작가와 작품 소개 |

■ 요사노 아키코与謝野晶子

정열의 가인으로 잘 알려진 요사노 아키코는 1878년 오사카
大阪 사카이堺 시에서 유명한 일본 전통과자점의 셋째 딸
로 태어났다. 어려서부터 일본의 고전문학을 즐겨 읽고
단카를 지어 잡지에 투고하던 그녀는, 1900년 강연차 오사카를 방
문한 요사노 뎃칸을 만나 불같은 사랑에 빠지게 된다. 단카의 혁신
운동을 주창하며 문예지 『묘조明星』를 주간하던 뎃칸은 아키코에
게 스승이자 사랑하는 연인이 되었으며, 다음 해 아키코는 도쿄로
상경하였고 당시 아내와 아이가 있던 뎃칸과 결국 결혼에 이르렀
다. 이후 뎃칸과의 사이에서 열두 명의 자식을 낳고 다방면에서 활
발히 문필 활동까지 펼친 아키코는 그야말로 엄청난 러브스토리
를 연출한 일본 근대 문단의 걸출한 주인공 중 한 명이다.

아키코에게 정열의 가인이라는 별명을 안겨준 것은, 이러한 연

애와 결혼을 이루어낸 젊은 여성으로서의 행동력과 더불어 그 과정의 여성 심리를 피를 토하듯 토로해낸 첫 가집『흐트러진 머리칼』에 실린 단카들 때문이다. 아키코는『묘조』에 발표한 단카를 모아『흐트러진 머리칼』을 발표하였고, 이는 기존 일본의 단카 문단은 물론 세간의 집중을 받았다. 근대 초라는 봉건적인 분위기 속에서 격정적인 사랑과 자유분방한 연애를 노래한 그녀의 단카는 참신하고도 충격적이었고, 이 가집을 둘러싼 평가는 극에서 극으로 엇갈렸으며 가히 폭발적 반향을 일으킨 문단 일대의 강렬한 사건이 되었다.

『흐트러진 머리칼』은 1901년 요사노 아키코가 22살에 결혼 전 성을 따서 호 아키코鳳晶子라는 이름으로 발표한 처녀가집이다. 자유분방하고 획기적인 내용의 단카에 걸맞게 그 외관 또한 참신했는데, 작고 긴 수첩 형태에 눈에 띄는 표지그림, 제목의 도안, 삽화 등 그 외형만으로도 당시 독자들의 홍미를 끌 만했다.

가집에는 표지그림에 대해 다음과 같은 설명이 붙어 있다. "표지그림 흐트러진 머리칼의 윤곽은 연애 화살이 하트를 맞히고 그 화살 끝에서 꽃이 나오는데 그 꽃이 시를 의미한다." 이는 아키코가 자신의 마음을 단카라는 시가로 녹여낸 것을 절묘하게 표현한 그림임을 보여주는데, 그도 그럴 것이 이 가집에는 덴칸을 만나 사랑하며 느낀 기쁨, 괴로움, 고뇌가 그대로 노래되고 있기 때문이다.

일생의 스승으로 만나 사랑에 빠져 훗날 결혼까지 하게 된 덴

칸에게는 처자가 있었고 그런 그와의 사랑이 순탄했을 리 만무했다. 유부남이라는 사실에 더욱이 절친한 문학회 동인이었던 야마카와 도미코山川登美子와의 삼각관계까지, 아키코의 사랑은 이미 외부적으로 수많은 시련을 내포한 것이었다. 뎃칸의 이혼과 도미코의 결혼, 아키코의 가출 등 그들의 파란만장했던 연애가 이 가집에 고스란히 담겨 있고 이들은 노래 속에서 신이 되고 동식물이 되고 여러 컬러로 채색되어 등장한다.

『흐트러진 머리칼』에는 아키코가 1900년 5월부터 다음해 여름까지 「묘조」에 발표한 노래가 「연지 보라臙脂紫」, 「연꽃 배蓮の花船」, 「흰 백합白百合」, 「스무 살 아내はたち妻」, 「무희舞姬」, 「청춘의 사랑春思」이라는 소제목으로 여섯 개의 장에 나뉘어져 총 399수가 수록되었다. 여섯 장 중 첫 장 「연지 보라」는 짙은 빨강이 섞인 보라색을 가리킨다. '보라'와 '빨강' 외에도 '연지' 혹은 '연지 보라' 역시 아키코가 애용한 표현으로, 사랑을 징표하는 색 「연지 보라」를 첫 장으로 배열하여 뎃칸과 사랑을 시작하며 느낀 감정을 담고 있다. 이어 단카로 맺어졌지만 삼각관계에 놓인 벗에 관한 노래인 「흰 백합」, 오사카의 집을 나와 도쿄로 상경하여 뎃칸의 아내가 된 기쁨을 노래한 「스무 살 아내」, 원했던 사람과 이룬 사랑의 절정을 노래한 「청춘의 사랑」으로 아키코와 뎃칸의 연애담이 엮여 있다. 그러면서 연심을 승려나 화공과의 사랑에 빗대거나(「연꽃 배」) 아름다운 무희의 모습(「무희」) 등을 삽화처럼 넣어 그 사랑이 돋보이고 고양되는 구성을 이루고 있다.

▶ 『흐트러진 머리칼』 초판본 표지

봉건적인 인습 속에서 폐쇄적으로 간혀 있던 여성으로서 공공연하게 연애를 구가하고 거기에서 분출되는 자유로운 인간의 감정을 표현한 아키코의 단카는 청춘 남녀에게 열광적인 공감을 불러일으켰다. 사실 발표 당시에도 의미 해석 자체가 난해하다는 평가를 받은 단카가 다수 포함되어 있지만, 그럼에도 불구하고 그때까지 일본의 시가가 경험하지 못한 파격적이고 노골적인 단어 선택과 농염한 신체표현, 사랑을 향한 솔직한 감정 표현은 단카의 정확한 의미 파악을 넘어 격정의 고조로 받아들여졌고, 특히 자기해방과 자유연애를 꿈꾸던 메이지 젊은이들에게 반향이 컸다. 그러나 한편으로는 여성의 성을 너무 노골적으로 그렸다 하여 기성세대들의 혹평 역시 끊이지 않았던 것도 사실이다.

『흐트러진 머리칼』에 쏟아낸 아키코의 심정에는 사랑을 쟁취했다는 쾌감과 동시에 죄책감, 나아가 고독이라는 아이러니조차 숨어 있다. 고조된 사랑의 절정 속에서 쓸쓸함 혹은 외로움이 엿보이는 것은 사랑의 반어(反語)이자 본질일지 모른다. 그렇기 때문에 그녀와 그녀의 시가가 백 년이 지난 지금도 마치 현재의 사랑처럼 현장감 있게 음미되고 재해석되는 것이리라.

아키코는 단카 뿐 아니라 시 창작에도 열심이었는데, 시로써는 러일전쟁 중인 1904년에 발표한 「너 죽는 일 부디 없기를」이 비교적 널리 알려져 있다. 종군 중이던 동생을 걱정하며 읊은 것으로 "천황께서, 전쟁에 / 그 스스로는 나가시지 않고 / 서로서로 피를 흘리며 / 짐승의 길 위에서 죽으라 하다니, / 죽는 것을 사람의 명예라 하다니,……"와 같이 천황의 전쟁 책임을 추궁하는 문맥에까지 이르고 있다. 이 때문에 아키코는 반역적이라는 비판을 받았으며 동시에 그녀는 이 시로 인해 '반전(反戰)시인'의 대열에 오르기도 한다. 다만 이것이 태평양전쟁이 아닌 러일전쟁 시기임을 짚어둘 필요가 있으며, 그녀 만년에는 천황숭배와 전쟁찬미의 시도 보여 단정하기 어려운 부분이 있다. 이 때 여기 수록된 「전쟁」이라는 시에서 "단단히 잘못된 때가 왔다, / 붉은 공포의 때가 왔다, / 야만이 넓은 날개를 펴고, / 문명인이 일제히 / 식인종의 가면을 쓴다."와 같이 세계를 적으로 삼은 게르만인을 악으로 규정하고 전쟁 혐오를 직설하며 전쟁이라는 진통을 겪고 진정한 평화의 출산을 기원하는 방식으로 제1차 세계대전을 바라보는 시선도 참고가 될 것이다.

이외에도 아키코의 시 세계는 난해하고 낭만적인 단카에 비해 상당히 지면에 발을 붙인 듯한 리얼리즘이 돋보인다. 「시에 관한 바람」에서 직접 말하듯 "시는 실감의 조각, / 행과 행, / 절과 절 사이에 음영이 있네. / ⋯⋯쳐내라, 쳐내라, / 한 줄도 / 군더더기를 더하지 말지니. / ⋯⋯"처럼 표현의 절차탁마라는 점에서 아키코에게 시는 단카와 마찬가지로 인식되었던 듯하다.

『꿈과 현실』에 담긴 시들은 그야말로 아키코가 아내이자 어머니이자 문학자로서 품은 희망과 그녀의 현실이라는 민낯을 가감없이 보여준다. 첫 시는 「내일」에서 보이듯 평범한 현실을 거부하며 미래에 거는 힘을 감지하게 하는 점에서 그녀의 꿈은 희망적이다. 다만 언제나 피로와 울음으로 대변되거나, "앙화"(「내 아이들아」)로까지 여겨지거나, "뒤따라 잇따라 덮쳐와서, / 꾸욱꾸욱 목언저리를 조르는 / 범속한 삶의 압박⋯⋯"(「초조」)이기도 한 현실이 시인에게 존재했다는 것도 놓칠 수 없는 맥락이다. 관념적인 시가 없지는 않지만, 특히나 가난한 현실에서 여러 명의 자식을 낳고 기르는 고충, 남편과 자식들을 향한 애정, 아내이자 어머니라는 여성으로서의 자의식과 사회적 구성원으로서의 분노는 독자에게 직관으로 전달된다.

아키코가 시에서 말하는 여성의 현실은 "천만 년 예로부터 몇억 번이나, / 죽음의 고통을 참고 다시 젊음을 되찾는 / 하늘 속 화염의 힘 장하기도 하도다. / 나는 여전히 그대를 따르리니, / 내가 다시 살아 돌아온 것은 고작 여덟 번 뿐 / 고작 여덟 번의 절규와, 피와, / 죽음의 어둠을 넘어왔을 뿐."(「산실의 동틀녘」)과 같이 여성이 몸으로 죽음과 삶을 오가는 출산이라는 여성 신체의 리얼함이다. 그리고 "무언가를 하고파, / 그러지 않으면, 이 집의 / 많은 식구가 모두 굶어야 하니 / …중략… / 나는 매일 / 우두커니 원고지를 바라보고 있노라."(「정월」)처럼 굶주림의 대가로 지불해야 할 원고지를 앞에 둔 노동자로서의 일상이다. 이러한 현실감각은 때로 아키코에게 "우리들 무산자"(「겨울이 시작되네」)라는 말을 내뱉게 한다.

한편 새로운 시 창작을 위한 도약의 발판을 마련하고자 뎃칸이 유럽으로 떠나게 되고 얼마 뒤 아키코도 자식들을 두고 남편을 만나러 유럽으로 나서게 되는데, 그 부부이별의 장면부터 일본으로 귀국을 결심하는 과정이 『서구 왕래』의 시들에 시간 순서대로 수록되었다. 남편이 먼 길로 유학을 떠난 후 홀로 남아 독수공방하는 그녀의 외로움과 초조와 불안, 결국 그를 찾아 그 먼 길을 스스로 떠나지 않을 수 없었던 우울의 극단, 지금 생각해도 쉽지 않은 결단인 유럽행 「계획」에 이르는 마음의 경위가 잘 드러난다. 아이들에 대한 미안함에도 남편을 따라나서지 않을 수 없었던 결정, 파리의 명소와 근교 로댕의 집, '암살자'라는 이름의 캬바레를 기모노 차림으로 다닌 경험이 눈에 그려지는 듯하다. 뮌헨, 베를린 등 독일과 네덜란드로 가서 브뤼셀에서 블라디보스토크까지 십이일 만에 도착하는 시베리아 횡단 급행열차(당시 이름 노르드익스프레스)를 타고 신천지를 경험한 아키코지만, 그 동안에도 아이들이 있는 동쪽으로 향하는 엄마 마음 역시 공존하는 것이어서 일본으로 되돌아갈 결심을 하는 것에서 이 시의 묶음은 마무리되고 있다.

『식은 저녁밥』으로 가면 「잿빛 길」에서 보이듯 가난한 경제적 현실이 요사노 일가에 늘 집요하게 들러붙어 반복되는 것으로 죽어서야 벗어날 상황이라는 절망감으로 도사리고 있다. 그러나 어느 바람 거세게 부는 밤, 도둑의 기척에 오히려 도둑질할 물건이 아무것도 없어 미안하다고 도둑에게 사과해야겠다는 농을 웃으며 나누는 에피소드에서는 가난이라는 절망에 패배하지 않는 부부의 모습도 엿볼 수 있다. 한편으로는 그 원인을 제공하는 것이 민중이나 인류애를 돌보지 않는 정치가들이라 보고 그들을 짐승의 무리로 강도 높게 비판하는 내용도 있는데, 현실이 이러하니 "나쁜 짓을 찾아다니는 신문기자가 없네, / 아예 나쁜 짓이 없기 때문이네. / 장관은 있어도 관청은 없어, / 장관은 밭에 나가 있네, / 공장에서 근무하고 있네, / 목장에서 일하고 있네, / 소설을 쓰고 있고, 그림을 그리고 있네. / 개중에는 청소차 일을 하고 있는 자도 있다네. / 여자는 모두 쓸데없는 멋을 안 부리네,"와 같은 곳이 오히려 「이상한 마을」로 불린 것이 마땅할 것이다. 그리고 이러한 경제적 사회 실상 속에서 아키코는 '미'를 구현하고 대표하는 백화점으로 상징되는 공간에 이끌리는 자기 마음의 여성성을 인정하다 결국은 남자에게 경제적으로 의존하기만 하는 상태에서 벗어나야 한다는 자각(「여자는 약탈자」)에까지 이른다. 또한 표제어와 같은 「식은 저녁밥」이라는 시에는 도산 직전의 체면을 따질 수 없는 궁지에 처한 부부가 밥상의 사방을 두른 자식들을 둘러보며 말 못하고 애태우는 심정을 드러내고 있어서 자식을 많이 거느린 문인 부부의 지난하면서도 가족애라는 구심력으로 수렴되는 현실이 잘 묘사되어 있다.

아키코의 시에서는 일본 문화계에서 화제성을 지녔던 미술가 기노시타 모쿠타로, 기행과 방랑생활로 유명한 사카모토 구렌도 뿐 아니라, 혁명에도 가담한 중국의 유명 경극 배우 메이란팡 등 20세기 전반기 동아시아 시대의 인물들을 만날 수 있는 점 또한 예상치 못하게 반갑다.

아키코는 단카나 시 외에도 평론과 소설을 비롯해 고전의 현대어 번역에도 힘을 쏟았고 여성 권리 신장과 여성 해방을 위해 행동하였으며 여성 교육에도 심혈을 기울였다. 1942년 5월 뇌일혈로 사망할 때까지 수많은 글을 남긴 아키코는 낭만주의를 대표하는 가인이자 격동의 근대를 생생하게 살아간 일본의 대표적 표현자였다. 그리고 그녀가 숨막히게 살아간 그녀의 삶과 문학성, 문제의식과 한계는 엄연히 현재진행형으로 한국의 독자들에게 육박하고 통용되는 충분한 의미와 내용을 지닌다 하겠다.

1878년(1세)

　　12월 7일 오사카 사카이시堺市에서 태어남. 아버지 호 쇼시치鳳
　　宗七, 어머니 쓰네의 삼녀. 본명은 쇼しょう. 본가는 화과자점
　　스루가야駿河屋를 운영. 이복 언니 두 명과 동복의 오빠인 히
　　데타로秀太郎가 있었다. 생후 얼마 안 되어 이모에게 맡겨짐.

1880년(2세)

　　8월 남동생 주사부로壽三郎 태어남.

1883년(5세)

　　5월 여동생 사토 태어남.

1884년(6세)

　　4월 슈쿠인심상소학교宿院尋常小学校 입학

1888년(10세)

　　슈쿠인심상소학교 졸업. 사카이여학교堺女学校 입학.

1892년(13세)

　　사카이여학교 졸업, 동교 보습과 입학.

1894년(16세)

사카이여학교 보습과 졸업.

1895년(17세)

9월 『문예구락부文芸倶楽部』에 호 아키코鳳晶子 이름으로 단카 게재.

1896년(18세)

사카이 시키시마회堺敷島会 입회. 동회 가집에 단카 게재.

1897년(19세)

사카이 시키시마회 탈퇴.

1898년(20세)

요사노 뎃칸与謝野鉄幹의 단카를 읽고 흥미를 느낌.

1899년(21세)

나니와浪華 청년문학회(현재「간사이関西청년문학회」) 발행의 사카
이지회 입회, 『요시아시구사よしあし草』에 시와 단카 등 작품
을 발표.

1900년(22세)

8월 뎃칸의 오사카 문학 강연회에 참석.

11월 뎃칸, 야마카와 도미코山川登美子와 셋이서 교토 난젠지南禅
寺의 단풍을 감상. 『묘조』 제8호가 발매금지.

1901년(24세)

1월 뎃칸과 만나 구리타栗田산을 다시 방문한 것으로 여겨짐.

6월 사카이를 나와 도쿄로 상경, 뎃칸이 있는 곳에서 생활.

8월 호 아키코 이름으로 가집 『흐트러진 머리칼みだれ髪』 간행.

10월 뎃칸과 결혼.

1902년(24세)

　11월 장남 히카루 출산.

1903년(25세)

　9월 아버지 소시치 타계.

1904년(26세)

　1월 가집『작은 부채小扇』간행.

　5월 뎃칸 공저 가집『독풀毒草』간행.

　7월 차남 시게루 출산.

　9월『묘조』에 시「너 죽는 일 부디 없기를君死にたまふこと勿れ」
　　발표.

　11월 오마치 게이게쓰大町桂月가『태양太陽』에 아키코 시「너 죽
　　는 일 부디 없기를」비판한 것에 대해 아키코가『묘조』에 반
　　론 제기.

1905년(27세)

　야마카와 도미코, 마스다 마사코增田雅子와 시가집『고이고로
　　모恋衣』간행.

1906년(28세)

　1월 가집『무희舞姫』간행.

　9월 가집『꿈의 꽃夢之華』간행.

1907년(29세)

　2월 어머니 쓰네 타계.

　3월 장녀 야쓰오와 차녀 나나세 쌍둥이 자매 출산.

1908년(30세)

　1월 동화집『그림책 옛날이야기絵本お伽噺』.

　7월 가집『패랭이꽃常夏』간행.

　11월『묘조』종간.

1909년(31세)

　3월 삼남 린 출산.

　4월 야마카와 도미코 타계.

　5월 아카코를 편집 및 발행인으로 시가잡지『도키하기トキハ
　　ギ』창간. 가집『사호히메佐保姫』간행.

　9월『겐지모노가타리源氏物語 강의』집필 수락.

1910년(32세)

　2월 삼녀 사호코 출산.

　4월 서간 예문집『여자의 편지女子のふみ』간행.

　9월 동화집『옛날이야기 소년소녀おとぎばなし少年少女』간행.

1911년(33세)

　1월 가집『춘니집春泥集』간행.

　2월 쌍둥이 사녀 우치코 출산(한 명은 사산).

　7월 평론집『어떤 생각에서一隅より』간행.

1912년(34세)

　1월 가집『세이가이하青海波』간행.

　2월『신역 겐지모노가타리新訳源氏物語』간행 시작.

　5월 남편 뒤를 쫓아 유럽으로 떠남. 소설집『여러 구름雲のいろ

いろ』간행.

　10월 아키코 귀국.

1913년(35세)

　4월 사남 아우구스트(이후 이쿠로 개명) 출산.

1914년(36세)

　시가집『여름에서 가을로夏より秋へ』간행. 뎃칸과 공저한 기행시문집『파리에서巴里より』, 동화집『여덟 밤八つの夜』간행.『신역 에이가모노가타리新訳栄華物語』간행 시작.

1915년(37세)

　3월 오녀 엘렌 출산.

　뎃칸과 공저로 평석評釋『이즈미 시키부 가집和泉式部歌集』간행. 시가집『앵초さくら草』, 평론감상집『잡기장雑記帳』, 동화『구불구불 강うねうね川』, 가론서『단카 짓는 법歌の作りやう』간행.

1916년(38세)

　1월 소설『환한 곳으로明るみへ』, 가집『주엽집朱葉集』간행.

　2월 가론서『단카 삼백강短歌三百講』간행.

　3월 오남 겐 출산.

　평론집『사람 및 여자로서人及び女として』, 시가집『무도복舞ごろも』,『신역 무라사키 시키부 일기新訳紫式部日記·신역 이즈미 시키부 일기新訳和泉式部日記』,『신역 쓰레즈레구사新訳徒然草』간행.

1917년(39세)

    평론집 『우리는 무엇을 추구하는가我等何を求むるか』, 가집 『아
        키코 신집晶子新集』간행.

    9월 육남 손 출산, 이틀 후 사망.

    10월 평론집 『사랑, 이성 및 용기愛, 理性及び勇気』간행.

1918년(40세)

    평론집 『젊은 벗에게若き友へ』간행.

    6월부터 히라쓰카 라이초平塚らいてう와 모성보호논쟁 전개.

1919년(41세)

    1월 평론집 『심두잡초心頭雑草』간행.

    3월 육녀 후지코 출산.

    동화 『다녀오겠습니다行って参ります』, 평론집 『격동 속을 가다
        激動の中を行く』, 가집 『불새火の鳥』, 가론서 『아키코 노래이야
        기晶子歌話』간행.

    10월 『아키코 단카 전집晶子短歌全集』간행 개시.

1920년(42세)

    5월 평론집 『여인창조女人創造』간행.

1921년(43세)

    가집 『태양과 장미太陽と薔薇』, 평론집 『인간예배人間礼拝』간행.
    『묘조』복간.

1922년(44세)

    9월 가집 『풀의 꿈草の夢』간행.

1923년(45세)

평론집『사랑의 창작愛の創作』간행.

9월 1일 간토閞東대지진이 일어나 자택은 화재를 피했으나 문화학원에 보관하던『겐지모노가타리 강의』원고가 소실됨.

1924년(46세)

가문집『유성의 길流星の道』간행.

12월 부인참정권 획득조성 동맹회 창립위원으로 참가.

1925년(47세)

가집『유리광瑠璃光』, 평론집『모래에 적다砂に書く』간행.

1927년(49세)

4월, 제2차『묘조』종간.

1928년(50세)

5월, 뎃칸과 만주와 몽골 여행.

가집『마음의 원경心の遠景』, 평론집『빛나는 구름光る雲』간행.

1929년(51세)

시집『아키코 시편 전집晶子詩篇全集』,『여자의 작문에 대한 새로운 강의女子作文新講』, 뎃칸과 공저 가집『기리시마의 노래霧島の歌』간행.

1930년 (52세)

3월 신잡지『동백冬柏』창간.

5월 뎃칸 공저 단카문집『만몽 여행기滿蒙遊記』간행.

1931년 (53세)

9월 오빠 호 히데타로 타계.

1933년(55세)

　9월 『요사노 아키코 전집与謝野晶子全集』 간행 개시.

1934년(56세)

　2월 평론집 『우승자가 되어라優勝者となれ』 간행.

1933년(57세)

　3월 뎃칸 폐렴으로 타계.

1938년(60세)

　7월 『요사노 아키코 집与謝野晶子集』 간행.

　10월 『신신역 겐지모노가타리新新訳源氏物語』 간행 개시.

　1940년(62세)

　5월 뇌일혈로 쓰러져 오른쪽 반신불수가 됨.

1942년(64세)

　1월 협심증 발작. 『동백』에 낸 「산봉우리의 구름峰の雲」이 마
　　지막 노래가 됨.

　5월 요독증 합병증, 29일 타계.

　9월 가집 『백앵집白桜集』 간행.

| 역자 소개 |

엄인경嚴仁卿 고려대학교 글로벌일본연구원 부교수

고려대학교 일어일문학과 및 동同대학 대학원을 졸업하여 2006년 일본 고전문학 연구로 문학 박사 학위를 취득하였다. 고전뿐 아니라 근대 동아시아에서 다양하게 전개된 일본어 시가 문학을 발굴하고 관련 연구 논문을 발표하고 있다. 저서에 『일본 중세 은자 문학과 사상』(2013, 역사공간), 『문학잡지國民詩歌와 한반도의 일본어 시가 문학』(2015, 역락), 『한반도와 일본어 시가 문학』(2018, 고려대학교출판문화원) 등이 있으며, 『몽중문답』(2013, 학고방), 『단카短歌로 보는 경성 풍경』(2016, 역락), 『한 줌의 모래』(2017, 필요한책), 『슬픈 장난감』(2018, 필요한책), 『요시노 구즈』(2018, 민음사) 등 다수의 역서가 있다.

이혜원李慧媛 고려사이버대학교 외래교수

　　고려대학교 일어일문학과 및 동同대학 대학원을 졸업하여 2007년『『源氏物語』의 공간과 소외』로 문학 박사 학위를 취득하였다. 고전 작품인『겐지모노가타리』가 요사노 아키코를 비롯한 여러 작가들에 의해 현대어역되는 과정을 비롯하여 고전 문학의 현대적 미디어 수용 등에 관심을 가지고 있다. 고려대학교, 방송통신대학교, 한신대학교 등에서 강의하였으며 현재 고려사이버대학교 외래교수로 있다.『일본명작기행』(공저, 한국방송통신대학교출판부, 2017)을 집필하였고, 우타가와 구니사다歌川国貞의『백귀야행百鬼夜行』(화정박물관, 2017) 등의 번역을 담당하였다.

일본 근현대 여성문학 선집 3

요사노 아키코 与謝野晶子 2

초판 1쇄 발행일 2019년 3월 31일

지은이 요사노 아키코
옮긴이 엄인경 · 이혜원
펴낸이 박영희
편집 박은지
디자인 박회경
표지디자인 원채현
마케팅 김유미
인쇄 · 제본 태광인쇄
펴낸곳 도서출판 어문학사
　　　　서울특별시 도봉구 해등로 357 나너울카운티 1층
　　　　대표전화: 02-998-0094 / 편집부1: 02-998-2267, 편집부2: 02-998-2269
　　　　홈페이지: www.amhbook.com
　　　　트위터: @with_amhbook
　　　　페이스북: https://www.facebook.com/amhbook
　　　　블로그: 네이버 http://blog.naver.com/amhbook
　　　　　　　다음 http://blog.daum.net/amhbook
　　　　e-mail: am@amhbook.com
　　　　등록: 2004년 7월 26일 제2009-2호

ISBN 978-89-6184-906-7 04830
ISBN 978-89-6184-903-6(세트)
정가 16,000원

이 도서의 국립중앙도서관 출판예정도서목록(CIP)은 서지정보유통지원시스템 홈페이지(http://seoji.nl.go.kr)
와 국가자료공동목록시스템(http://www.nl.go.kr/kolisnet)에서 이용하실 수 있습니다.
(CIP제어번호: CIP2019014845)

※잘못 만들어진 책은 교환해 드립니다.